KB129561

인생은 혼술이다

혼자여도 괜찮은 세계

一人飲みで生きていく

인생은 혼술이다

이나가키 에미코 지음
김미형 옮김

문학수첩

우선 이 책이 어떤 목적으로 쓰였는지에 대해 말씀드리도록 하지요. 세상이 워낙 팍팍하잖아요. 그러니 이런 건 처음부터 분명히 짚고 넘어가야겠죠.

이 책은 '혼술'을 애타게 동경하다가, 다시 말해 자연스레 혼술 할 수 있는 사람이 어떻게든 되고 싶어서, 그럼에도 도무지 그 방법을 알 수 없어 무턱대고 혼술 수행을 거듭하다 드디어 그 '비기'를 쟁취한 나의 자랑질……이 아니라 경험담이랍니다.

다시 말해 이 책만 읽어도 누구나 '혼술 마스터'가 될 수 있다는 뜻.

물론 무슨 일에든 현장 경험은 필수죠. 하지만 두려워하실 필요는 없습니다. 실패란 실패는 이미 제가 신물 나도록 경험했으니까요. 그 실패를 바탕으로 그야말로 실천적인 조언을 친절하게, 꼼꼼하게 적어나갈 생각입니다. 그러니 제 조언을 아주 잘 새겨두고 도전하신다면, 반드시 길이 열릴 겁니다.

……여기까지 써놓고 갑자기 불안이 엄습해 오네요.

분명 이 책을 읽으면 누구든 반드시 '혼술'을 할 수 있게 됩니다. 그건 자신 있게 단언할 수 있어요.

하지만, 그러나, 대체 '혼술'을 할 수 있기를 바라는 사람이 세상에 얼마나 될까? 아니, 얼마가 아니라 과연 한 사람이라도 존재하기는 하는 걸까? 그렇다면 쓸데없는 간섭을 넘어서, 완벽하게 무의미한 글쓰기는 아닐까……?

아뇨, 사실 전 이런 생각을 합니다.

여러분, 혼술, 꼭 해보셔야 합니다. 그건 틀림없이 당신의 인생을 바꿔줄 겁니다. 좋은 방향으로요, 밝은 쪽으로요, 불안이 없는 쪽으로요.

그렇습니다, 장담할 수 있어요.

혼술을 할 수만 있다면 인생이 열릴 거라고!

에이~ 뻥이 심하기는, 지금 그렇게 생각하셨죠?

아, 결론을 서두르느라 그만 중요한 말을 빠뜨리고 말았네요. 애초에 제가 정의하는 '혼술'이란 뭐냐, 이것부터 밝히고 나아가야 되겠죠?

혼술을 할 수 있는 사람이란 이런 사람입니다.

용무가 있어서 처음 가본 곳, 그곳에서 일을 마치고 보니 마침 시간도 딱이겠다, 가볍게 한잔하고 갈까, 이런 생각을 합니다.

아, 물론 혼자서요.

역 앞 번화가를 두리번거리다 느낌 좋은 골목을 빼꼼히 들여다보고는 '아, 여기 분위기 괜찮다?' 하고 술집을 하나 찍습니다. 결단을 내렸으면 변덕은 금물. 기세 좋게 입구에 들어서면 점원이 큰 목소리로 "어서 오세요" 하고 맞이합니다. 그러면 자연스럽게 검지를 세우고 "한 사람인데, 자리 있을까요?" 하고 웃음을 지어 보입니다. "네, 한 분이요, 바테이블에 앉으시죠" 하고 안내받고 이미 앉아있는 손님들 사이를 유유히 지나 자리에 앉은 다음, 맥주든 뜨거운 사케든 뭐든 좋습니다, 기본 안주로 나온 초절임을 찔끔찔끔 먹으며 벽에 걸린 메뉴를 찬찬히 바라보고는 전갱이 튀김으로 할까, 꽈리고추 조림을 주문할까…….

으으으, 이거 완전 어른의 세계잖아! 드라마의 한 장면을 그대로 옮겨온 것 같잖아.

자, 어떤가요. 당신은 이런 걸 할 수 있나요? 바로 이런 거요.

결론부터 말하자면, 이런 걸 할 수 있는 사람이 그렇게 많지는 않을 겁니다.

밤에 밖에서 그냥 먹고 마시는 거라면 적지 않은 사람들이 하고 있죠. 저도 그 정도야 그럭저럭 합니다.

하지만 전혀 즐겁지가 않아요. 이유는 알 수는 없지만 카레나 메밀국수처럼 얼른 먹어치울 수 있는, 폭풍 흡입 메뉴를 골라버립니다. 그렇잖아요, 혼자 저녁밥 먹는 게 너무나 비참하니까요. 그런 모습을 타인에게는 가급적 보이고 싶지 않은 법입니다. 혹시나 아는 사람한테 목격되기라도 한다면 최악이죠. 같이 밥 먹을 친구도 없는 가엾은 인간이라고 생각하겠지…… 그런 생각을 하다 보면 맛이고 뭐고 없습니다. 얼른 배를 채워서 이 가게를 탈출해야 해.

이런 건 '혼술'이라고 쓰고 '고독한 식사'라 읽습니다.

우리가 목표로 하는 '혼술'의 이미지를 더 명확하게 하기 위해, 제가 멋대로 인증한 더 킹 오브 혼술 마스터를 소개합니다.

그건 바로 영화 〈남자는 괴로워〉의 도라 씨!

제가 혼술을 동경하게 된 원점에는 바로 도라 씨가 있습니다.

40대 중반 무렵이었을까요, 어느 날 문득, 텔레비전에서 재방송하는 〈남자는 괴로워〉를 뚫어져라 보고 있는 나를 발견했습니다. 이런이런, 좀 지쳤던 거겠죠. 회사원의 삶에. 끝없는 소소한 경쟁에. 하지만 거기서 빠져나올 용기도 없었습니다. 흔한 얘기죠, 뭐.

대체 언제 길을 잃고 이런 막다른 골목에 들어서게 됐을까, 한숨만 푹푹 쉬던 제 눈에 도라 씨는 초인처럼 보였습니다. 그렇잖아요, 집도 없고 돈도 없고 처자식도 없는 완벽한 하루살이 인생. 지금이 아무리 양극화 사회라지만 이렇게까지 막장 인생을 사는 사람이 얼마나 될까요. 하지만 도라 씨가 대단한 건 전혀 쓸쓸해 보이지 않는다는 것. 인생을 한탄하지도 않고 누군가를 원망하지도 않습니다. 오히려 어딜 가나 주위를 웃음으로 넘쳐나게 하고 어느새 무척이나 사랑받으면서 얹혀살기도 하죠.

그런데 난 어떤가. 모든 걸 가졌습니다. 독신이기는 하지만 집도 있고 일도 있고, 그럭저럭 돈도 있어요. 그런데 언제나 아직 모자라다고, 잃기 싫다고 고민하고 두려움에 떨 뿐. 이 차이는 대체 뭘까. 뭘 어떻게 하면 도라 씨처럼…… 하고 생각하다가 불현듯 떠올랐습니다.

그래, 우선 '혼술' 수행을 해보자.

전국을 떠돌아다니는 도라 씨는 식당이든 술집이든 혼자 훌쩍 들어갑니다. 그리고 정말 싹싹하고 자연스럽게 대화를 시작하더니 어느덧 가게 사람들과 손님들 마음을 꽉 붙들어 버립니다. 처음 찾은 곳을 순식간에 '나의 사랑방'으로 바꿔버리는 마법은, 도라 씨의 강함은 거기에 있었던 겁니다.

전 그런 식으로 모르는 사람들 마음속으로 훅 들어가는 건 절대로 못합니다. 그렇지, 그래서 좁은 세상에 집착하는 거고, 불만과 불안을 안은 채 거기서 빠져나오지도 못하고 무력한 자신을 그저 두려워할 뿐인 거지. 문제는 그거야. 이 사회가, 이 회사가 아니라 빈약한 내 인간력이 문제인 거야!

이렇게 해서 술집으로 돌격을 시작한 중년 여성이 있었답니다.

지금 생각해 보면 〈남자는 괴로워〉의 구루마 도라지로(도라 씨)를 동경해 혼술 수행을 시작하다니, 상당한 야심가인 셈입니다. 그도 그럴 것이 〈남자는 괴로워〉는 영화잖아요. 있을 수 없는 얘기라서 재밌는 거죠. 현실이 그리 호락호락하지는 않습니다. 혼술을 할 수 있다고 해서 도라 씨처럼 자유로운 영혼이 된다니, 그런 일이 있을 리 없잖아.

……이렇게 생각하시죠.

그런데 현실이란 어마어마한 겁니다. 각고의 노력 끝에 상처투성이가 되면서도 수행을 마친 저, 상당히 술이 돌았는지 나이 오십에 오래 근무했던 회사에 사표를 던지고 그 이후로 남편 없음, 애 없음, 직장 없음, 일을 하다 말다 하면서 동네 아저씨 아줌마와 "오늘 진짜 덥다~", "목욕탕 가는 길이야?" 같은 말을 주고받으며 편안한 삶을 사는, 그야말로 부랑자 도라 씨와 같은 삶을 시작했답니다.

물론 주위 사람들이 얼마나 놀라던지요. 왜냐하면 지금은 백세 시대. 연금만 믿고 살 수도 없는 시대죠. 그런데 아무런 대책도 없이 회사를 도중에 그만두다니, 그런 성급한 결론을 내렸다가 노후에 어떻게 살지 돈 걱정은 안 되냐고 만나는 사람들마다 걱정해 주던 이 5년의 세월.

당연한 질문이지요. 하지만 본인은 느긋합니다. 이런 인생도 있지 않겠냐고 실은 내심 회심의 미소를 짓고 있습니다. 진짜라고요.

대체 왜냐고요?

결국 혼술을 통해서, 살아가는 데 정말 필요한 건 돈이 아니라는 걸 피부로 느껴서가 아닐까요?

그야 물론 돈은 중요합니다. 돈이 한 푼도 없다면 혼술조차 못 할 테니까요! 하지만 돈이 많으면 많을수록 행복해지는 건 아닙니다. 아니, 생각보다 훨씬 적은 돈으로도 충분히 행복할 수 있습니다. 도라 씨를 보세요. 늘 돈이 없는데도, 아니 오히려 없어서 행복한 것처럼 보이는 도라 씨에게서 전 참 많은 걸 배웠습니다.

그렇습니다, 행복해지려면 우선 돈이 있어야 한다고 모두가 생각하는데 아무리 많아도 한도 끝도 없는 게 또 돈입니다. 그러니 다들 불안한 거겠죠. 하지만 돈 말고 다른 방법도 있습니다. 입에 발린 위안이 아니라 구체적인 방법이 있습니다. 그게 중요합니다. 그걸 안다면 행복을 돈으로 사지 않더라도 자기 힘으로 만들어 낼 수 있습니다.

전 혼술 수행을 통해 그런 걸 배웠습니다.

그걸 알게 되면 인생의 두려움 따위는 광속으로 줄어듭니다. 당신도 혼술을 하다 보면 알게 될 거예요……. 그러니 속는 셈 치고 꼭 이 책을 읽어주시고, 이 갑갑한 현실 세계에서 이런 인생을 바란 게 아니었는데 어쩌다가 이런 삶을 살고 있는지 알 수 없다고 느껴지는 인생에, 가슴이 뻥 뚫리는 바람구멍을 뚫어보지 않으시겠는지요!

무릎을 치고, “좋아, 혼술 그까짓 거 한번 해보자고” 하고 벌떡 일어서다 책상에 무릎을 찧는 그런 덜렁거리는 사람이 한 사람이라도 있다면 필자로서는 이보다 더 행복한 일은 없겠다는 생각을 합니다.

차례

1장 '혼술 못한다'는 건 무슨 뜻?

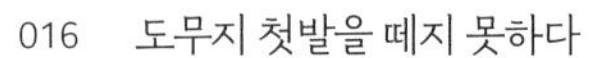

2장 앞으로 돌격!

3장 발표! 혼술의 비기 12조

1장

'혼술 못한다'는 건 무슨 뜻?

도무지 첫발을 떼지 못하다

이리하여 드디어 실천편. 무슨 일이 있어도 이 한 몸 바쳐 땀과 눈물로 쓴 '혼술 데뷔 리포트'부터 시작하련다.

그렇지만 그전에.

방금 '도라 씨를 동경해서 혼술 수행을 시작했다'고 쓰긴 했지만, 현실 세계에서 이 '동경해서'와 '수행을 시작했다'가 바로 연결된 건 아니었다. 한 마디로 상당히 긴 무위의 시간을 보냈다는 뜻.

그야 분명, 동경하기는 했다. 그것도 엄청나게. 하지만 막상 실행에 옮기려고 하면 이게 생각처럼 쉽지가 않다.

생각해 보시길. 혼술이다. 그리고 이래 봬도 난 여자다. 게다가 당시에는 아프로 헤어도 아니고 흔한 세미롱 헤어의 평범한 여자였다. 물론 요즘 시대에 여자가 혼술 한다고 뭐가 대수냐 싶겠지만, 현실적으로 술집에서 여성은 여전히 마이너리티다. 그야 요즘엔 여자들만 모여 유쾌하게 마시는 일도 흔하긴 하다. 하지만 혼자라면 얘기가 완전히 다르다.

실제로 이 술집 느낌 좋다, 혼자서도 들어갈 수 있을 것 같다고 생각해 본 적은 여러 번 있었다. 하지만 몰래 문틈으로 안을 들여다보면 바테이블 자리는 압도적으로 아저씨들 차지다. 그것도, 뭐랄까 그냥 평범한 아저씨가 아니라 혼술 하는 아저씨다. 다시 말해 '아재 오브 아재'인 셈이다. 너무 묵직하다. 거기에 젊은 여성이…… 아니 그건 아니고, 젊으면 젊은 대로 그것도 뭔가 드라마틱하달까, 좋은 그림이 될 법도 하지만, 젊은 축에는 끼지도 못하는 아줌마가 사람들 사이를 헤집고 끼어 들어가는 것이다. 모두들 어떻게 해석해야 할지 막막할 터. 이 아줌마는 대체…… 뭘 하고 싶은 걸까. 무슨 일이 있었던 걸까. 아니 대체, 뭐 하는 사람이지?

……으음, 그건 이쪽이 묻고 싶은 말이거든요. 나는 딱히 뭔가를 하고 싶은 건 아니니까. 하지만 어떻게 표현하면 좋을지 알 수가 없다. 처음부터 미주알고주알 변명을 늘어놓을 수도 없는 노릇이고…… 그런 생각만으로도 손에 땀이 가득 배면서 결국 아무 일 없었다는 듯, 그냥 지나가던 길이에요, 싶은 연기까지 하면서 술집에

서 멀어져 평소와 다름없이 우동집이나 카레집에 들어가 쓸쓸하게 배 속에 음식을 쓸어 담곤 했다.

막다른 골목이 출발점이 되다

이렇게 우물쭈물대다가 혼술 데뷔는 시작도 못 한 채 몇 년이 지났다. 그.러.나. 내가 평소에 덕을 얼마나 쌓았는지, 신은 나를 저버리지 않았다. 그렇다, 결국 바로 그때가 찾아온 것이다!

……라고는 하지만, 사실 별건 아니었다. 그냥 회사원에게 흔히 있을 법한, 절실한 사정이 생겨버렸을 뿐이다.

당시 다니던 신문사에서 '향토주(사케)'를 주제로 연재 기사를 맡았던 게 계기였다.

미리 말해두지만 말이 '맡았다'는 거지, 발탁됐다거나 그런 건 전혀 아니었고, 신문사 매출이 저조해서 구조조정의 폭풍이 몰아치던 중 기사 쓸 사람이 너무 줄어든 나머지 중간관리직이라는 이름의 한직으로 밀려나 있던 내가 "어차피 할 일도 없잖아?"라는 말과 함께 찍혀버린 것이다. 주제가 향토술이었던 건 상사가 향토술을 좋아했기 때문. 정말 대충대충 결정된 일이었지만 이 대충이 먼 훗날 내 인생을 바꿨으니, 세상일이란 알다가도 모를 일이다.

그야 뭐, 한가하다면 한가하다. 하지만 문제가 하나 있었다. 나도 술 좀 하는 편에 속하지만 사케는 거의 마셔본 적 없다는 것. 지금이야 사케가 꽤 인기 있는 주종이지만, 당시(약 10년 전)만 해도 사람들이 거의 쳐다보지도 않는 술이었다. 술 하면 맥주, 와인, 소주. 그러니 평범한 나 역시 세상 사람들처럼 기꺼이 그런 종류의 술들을 마셨던 것이다.

이렇게 해서 벼락치기로 사케 공부를 해야만 하는 상황이 벌어졌다.

쉽게 말해서 밤이면 밤마다 사케를 마시며 돌아다닌 것이다.

처음엔 아무런 문제가 없었다. '사케 팬'을 자인하는 선배나 동료들과 함께 사케를 잘 갖춘 술집을 잡지에서 찾아보며 열심히 드나들었다. 신문사란 원래 술꾼들이 모이는 데고 또 사케 팬들 중에는 '입이 근질거려 가르치려 드는' 사람이 많아, 가자고 하면 바로 따라나설 사람은 얼마든지 있었다.

그런데 점차 분위기가 심상치 않아졌다.

슬슬 거절이 시작된 것이다. 그것도 물어보는 사람마다 죄다. '왜냐고오-' 마음속으로 그렇게 외칠 무렵, 선배가 무심코 뱉은 말.

“너랑 마시러 가면 시끄럽거든…….” 뭐라고? 시끄럽다고?

……그렇구나, 그것 때문이구나. 사케에 관한 내 지식이 축적되어 가면 갈수록 어느새 내가 바로 그 TMI, 입이 근질거려 가르치려 드는 사람이 되어버린 것이다. 그게 아무래도 그들의 자존심에 상처를 낸 것 같았다. 아아, 술꾼들이란…….

맨몸을 참지 못하다

이처럼 사케 기사를 써야 하는 상황인데 아무도 '사케 공부'를 거들어 주지 않게 되었다.

그런 내가 선택할 수 있는 길은 단 하나.

그렇다, 드디어 '혼술'을 결행할 때가 온 것이다.

아아……

우울하다.

그렇잖은가, 혼술을 할 수 있었으면 벌써 했겠지! 계속 동경해 왔으니까. 꼭 해보고 싶다고 생각했으니까. 그런데도 도저히 할 수 없었다. 쥐어짠 용기로는 턱없이 부족해, 술집 앞을 여러 번 왕복하다 맥없이 돌아오기를 어언 몇 년.

그러다 문득 이런 생각을 했다.

대체 나는 왜 이렇게 혼술이 무서운 걸까?

술집에 혼자 들어가, 먹고 마신다, 끝. 그뿐이다. 목숨을 건 싸움에 도전하러 가는 게 아니다. 가령 그곳의 분위기를 망치더라도, 아무렴 손님인데 쫓겨나거나 혼나는 일 따위 웬만해서는 일어나지 않을 것이다. 아니, 이것도 그냥 자의식과잉이다. 누가 나를 신경 쓰겠는가.

그래도 무섭게 여겨지는 까닭은 한 마디로 이 나이 먹도록 '그런 경험'을 해본 적이 없기 때문이다.

그것은 '맨몸으로 혼자 세계와 마주하는' 경험이다.

고독을 두려워하지 않고, 쓸쓸함 때문에 도망치지 않고, 당당하게 사는 경험 말이다.

그걸 깨달은 순간, 나는 머리를 한 대 맞은 것 같았다.

나는 지금까지 뭘 해왔던 것일까. 유유히 세상을 헤엄쳐 온 게 아니었단 말인가. 시대를 잘 타고나 운 좋게 좋은 학교를 나오고 좋은 회사에 들어가 돈을 벌고 그러면서 어느 정도 사회적 지위를 얻겠다는, 젊은 날 설계한 인생의 목표를 그럭저럭 달성해 온 게 아니었나?

하지만 그건 결국 나약한 나 자신을 지키기 위한 갑옷 만들기에 지나지 않았는지도 모른다. "저는 어디어디 다니는 이런 사람입니다만" 같은 직함을 이용해 이 각박한 세상에서 어떻게든 내 안전한 진지를 만들어 왔을 뿐인지도 모른다.

문득 정신을 차리고 보니 나약하고 힘없는 나 자신은 변한 게 하나도 없었다. 들어가고 싶어도 그러지 못하는 술집 앞에서, 아닌 척 안을 슬쩍 들여다보고 두려움에 떠는 나 자신은 한없이 무력했다. 그곳에는, 손에 넣은 직함에 필사적으로 매달리다 보니 어느새 무력해진 내가 있었다. 직함을 뺏기고 벌거숭이가 된 상태로는 혼자 뭘 어떻게 하면 좋을지 무엇 하나 알 수 없는 내가 있었다.

백세 인생을 살아가기 위한 수행

아아, 놀랐다.

이래 봬도 난 이 팍팍한 세상을 몇십 년이나 살아냈다. 그러니 진정한 자립을 쟁취했다고 자신했다. 부모 곁을 떠나 넓은 사회에 뛰어들어 혼자 생계를 유지하고, 경쟁에서 뒤처지지 않으려 열심히 경험도 쌓았다. 그것이 열매를 맺어 전근할 때마다 집이 넓어지고 좋아졌고, 젊었을 땐 꿈도 못 꾸던 고급 요릿집에도 당당히 들어갈 수 있게 되었다. 이거야말로 '으른'의 여유다. 나 정말 출세했구나. 그렇게 믿었다.

한데 어른의 여유는 개뿔, 혼자가 된 순간 아무 데도 못 가잖아.

대체 언제부터 이렇게 됐을까.

어렸을 땐 그렇지 않았다. 처음 가보는 모래 놀이터에도 혈혈단신 거침없이 들어가곤 했다. '먼저 온 손님'이 있든 없든 겁도 없이 끼어들어 새까맣게 모래 범벅이 된 채 어울려 놀곤 했다.

그런데 지금은 이 모양 이 꼴이다.

자립하기는커녕 오히려 퇴화한 게 아닌가!

하지만 이건 단지 나만의 문제가 아닌 듯하다.

회사를 그만두고 어떻게 살아야 할지 막막해진 회사원은 얼마든지 많다. 결국, 혼술을 못 하고 망설이는 나와 닮은꼴이다. 왜냐하면 직함을 잃고 혼자 된 순간, 세상에 설 자리를 만들 줄 몰라 막막해진 거니까.

아니, 그들이 바로 나다. 나 역시 이대로라면 100퍼센트 그런 칙칙한 '퇴직 이후'를 보내게 될 게 분명하다.

으으윽, 설마 이렇게 될 줄이야.

솔직히 말해서 그런 '젖은 낙엽'(젖은 낙엽이 붙으면 잘 떨어지지 않는 것에 빗대어, 퇴직해서 아내에게서 떨어질 줄 모르는 남편을 일컬음-옮긴이)을 우습게 생각했었다. 결국 '남자의 문제'라 여겼던 것이다. 집안일도 못 하고, 일 말고는 취미도 없고, 그러면서 월급 받아온다고 잘난 척하더니만 월급이 없어지면서 존재 가치도 사라진. 하지만 난 달라, 혼자 사니까 집안일도 잘하지, 요가와 등산 같은 취미도 있지, 그러니 퇴직해도 무서울 거 하나 없어. 그리 믿어 의심치 않았다.

하지만 남자냐 여자냐의 문제가 아니었다.

집안일도 하고 취미도 있다는 것. 그게 뭐 대수인가. 결국 '뭔가를 할 수 있는 나'에 기대어 사는 것이다. 일을 할 수 있는 나, 집안일을 할 수 있는 나, 요가를 할 수 있는 나, 그래서 남들과 다른 나…… 결국 직함에 기대어 사는 것과 뭐가 다른가.

하지만 그런 건 술집에서는 통하지 않는다. 술집에서 열심히 명함을 돌리거나, 난데없이 요가 교사 자격증이 있다는 설명을 늘어놓을 수는 없는 노릇이다. 그대로의 나. 아무것도 아닌 나. 그렇게 되면 대체 어떤 표정을 짓고 술을 마시면 좋을지 알 수가 없다. 그래서 난 술집에 들어가기가 무서운 거다.

이젠 더 이상 손 놓고 관망하고 있을 때가 아니다.

무엇보다, 어느새 노후가 바짝 다가왔다. 이제는 연금에만 기대어 살 수도 없다. 게다가 백세 인생의 시대라고 하지 않나! 길고 긴 인생의 후반전을 직함도 돈도 없이 살아내야만 하는 상황이 바로 눈앞에 턱하니 버티고 서있다.

이대로는 안 된다. 자립해야만 한다. 빈 몸뚱이 하나로, 나의 있으나 마나 한 '인간력'을 가동시켜 어떻게든 내 설 곳을 마련할 힘을 갖추지 않는다면 무서운 일이 벌어질 것이다.

나는 아무도 몰래, 주먹을 꽈악 쥐었다.

2장

앞으로 돌격!

한여름 밤의 대작전

이렇게 어느 여름 밤, 일을 마치고 퇴근한 나는 정신을 온통 한 군데에 집중하고 성큼성큼, 성큼성큼 오사카 거리를 걷고 있었다…….

아니, 죄송합니다. 살짝 거짓말을 보탰어요. 성큼성큼이 아니라 무거운 발걸음이 목적지에 가까워지자 더욱더 무거워지면서 마음은 온통 도망가고 싶다는 생각뿐이었다.

물론 목적은 혼술 데뷔다. 목표 장소는 어느 작은 선술집. 당연히 전철이 더 빠르지만 최대한 '결전의 시간'을 미루고 싶어 30분도 더 들여 일부러 걸어서 가게로 향했다.

나도 참 어지간히 간이 콩알만 하다.

물론 이날을 위해 작전을 짜고 또 짰다.

우선 술집 선정부터. 말할 것도 없이 이 집을 데뷔전 상대로 고른 건 고민을 거듭해 내린 결정이었다.

몇 주 전 회사 선배와 같이 한 번 가본 적 있는 술집.

이 '한 번'이라는 부분이 중요하다.

가본 적 없는 곳에 혼자 뛰어들어 가는 것은 장벽이 너무 높다. 무엇보다 어떤 분위기인지 들어가 보지 않으면 모르기에 초보자에게는 너무나 위험한 도박이다.

그렇다고 해서 동료와 여러 번 다녔던 술집은 별로 바람직하지 않다. 여럿이서 떠들썩하게 다니던 술집에 갑자기 혼자서 들어갔다가는 사장님이 '무슨 일 있었나?' 하고 괜한 호기심을 발동시킬 거라는 상상에 지레 어색하게 행동할 것 같다. 게다가 만약 데뷔전에 실패해서 어색한 분위기가 흐른다면 다음부턴 그 집에 얼굴을 내밀기 힘들어질 것이다.

그러니 '한 번' 가본 적 있는 곳. 내가 생각해도 탁월한 선택이야.

사람 좋은 부부가 운영하고, 바테이블만 있는 적당히 세련된 가게라는 점도 점수를 준 부분이었다. 이상한 손님은 아마 오지 않을 테고, 자리는 여덟 개뿐이니까 머뭇거리는 혼술 초보자라도 바테이블 너머에서 따뜻하게 응대해 줄 것이라는 염치없는 기대를 했다.

내게는 이 집에 가야만 할 이유가 하나 더 있었다. 사장님에게 약간의 용무가 있었던 것이다. 아니, 용무를 '만들었다'고나 할까.

혼술 경험이 없는 내가 가장 두려운 것은 가게 안에 덩그러니 혼자 앉아, 지나치게 눈에 띄는 것이었다. 그렇지 않은가, 그런 가시방석 상태로 어떻게 '기분 좋게 한잔' 걸칠 수 있겠는가. 하지만 상식적으로 생각하면 그런 상황이 벌어질 게 뻔하다. 바로, 혼자이기 때문에! 옆에 앉은 사람은 완벽한 타인. 아니면 공기. 다시 말해 '기침을 해도 혼자'(방랑시인 오사키 호사이가 결핵으로 죽음에 임박했을 때 지었다는 하이쿠를 인용—옮긴이).

그런 사태를 피하려면 어떻게 해야 할까.

그야 물론 대화가 아니겠는가! 내가 목표로 하는 부랑자 도라 씨 역시 언제든 절묘한 대화로 사람들의 마음 깊은 곳까지 훅 들어가곤 했다. 그렇다, 느낌 좋은 한 마디야말로 세상을 바꾼다.

하지만 대체, 무슨 얘기를 꺼내려고?

대화에는 화제라는 게 필요하다. 하지만 이제 막 처음 만난 사람과 공통의 화제가 무언지 대체 어떻게 알겠는가?

그런 이유로, 내가 향한 가게, 거기라면 적어도 가게 사장님과 확실하게 대화를 나눌 수 있는 '화제'가 있었다.

다름 아니라 나는 그 술집 사장님에게 엄청난 신세를 졌다. 당시 내가 맡고 있던, 지역 양조장을 소개하는 연재 기사에서 모 인기 양조장 사장님을 그 술집 사장님께서 소개해 준 덕에 무사히 취재 약속을 잡을 수 있었던 것이다. 그렇다면 반드시 직접 얼굴을 뵙고 약속이 어떻게 진행됐는지 보고한 후 고맙다고 인사를 해야 하는 법……이라는 건 물론 핑계고, 그런 예의 바른 행동은 태어나서 처음이다. (여러 가지 의미로 죄송합니다…….) 하지만 그런 대의명분 없이 밤에 혼자 술집 문을 들어설 용기는 도저히 나지 않았다.

한편으로는 일이 이렇게 되고 보니, 누군가에게 신세를 진다는 것이 죄송한 일이라기보다는 사실 굉장한 자원일지도 모른다는 생각이 들었다. 우리는 남에게 신세를 지는 것도, 남이 나에게 신세를 지는 것도 피하려고 애쓰는데 어쩌면 누군가를 돕고 또 도움을 받으면서 살아가는 인생이 훨씬 풍요로울지도 모른다……는, 평소엔 하지도 않는 철학적인 생각을 골똘하게 하다 보니 어느새 가게 앞에 도착하고 말았다.

막상 닥치고 보니 발이 얼어붙는다. 그래도 30분 이상 들여 걸어왔으니 여기서 뒤돌아 갈 수는 없다고 스스로를 다그치며 굳은 결심을 한 뒤 눈을 질끈 감고 문을 열었다.

실로 새로운 인생의 문을 연 순간이었다.

“아, 어서 오세요”에 구원을 받다

문을 드르륵 열고 가게 안을 들여다보니 웬걸, 자리가 꽉 찼다. 모두가 나를 힐긋 쳐다보는 것 같아 예상과는 다른 상황에 몸이 뻣뻣해졌다.

그도 그럴 것이 내가 멋대로 해본 시뮬레이션에 따르면 손님은 손에 꼽을 만큼 적고, 사장님도 한가해서 내가 들어가면 “이쪽으로 앉으시죠” 하며 환영하고…… 그리고 자연스러운 대화가 시작될 터였다. 하지만 현실은 자리가 꽉 찼을 때 갑자기 찾아온 초대받지 않은 손님. 그게 나. 게다가 혼자. 그것도 중년 여자……라는 부정적인 생각이 머릿속을 빙글빙글 돌고 있었다.

그만 작은 목소리로 ‘아, 죄송합니다’ 하고 휙 뒤돌아 나가버리고 싶은 충동을 질책하며 꾹 참고 도움을 구하고자 얼굴을 아는(안다고 생각하는) 술집 사장님을 서둘러 찾는다. 바테이블만 있는 작은 가게라 눈이 마주칠 때까지 2초도 걸리지 않았을 것이다. 하지만 내게는 3분처럼 길게 느껴졌다. 1초만 더 늦었더라면 아마 기절했을 것이다.

그리고 과연, 사장님이다.

눈이 마주치자마자 활짝 웃으며 "아, 어서오세요".

이때 나는 말 한 마디가 천국과 지옥을 오가게 한다는 사실을 뼈저리게 배웠다. 이 '아'가 내겐 무엇보다 중요했다. 천국을 오르는 계단이었다. "아, 이나가키 씨, 기억합니다"라는 뜻의 "아"라고 느꼈기 때문이다. 이 "아"가 없었다면 '당신 누구야?', '(바빠 죽겠는데 하필 이때) 왜 왔어?' 이런 생각을 하는 건 아닐까…… 하는 부정적 사고의 길을 광속으로 달렸을 게 틀림없다.

그러더니 사장님이 자리가 꽉 찼음에도 불구하고 "어서 들어오세요" 하고 가게 안으로 들여주시는 게 아닌가.

오호라, 이것이야말로 혼술 손님의 강점이로구나. 자리가 꽉 차 보여도 실은 한 자리쯤은 남아있는 법. 좋은 걸 또 하나 배웠다. 이렇게 해서 좁은 공간 안으로 유유히 들어가 무사히 자리에 앉는 데 성공했다.

가슴을 쓸어내릴 무렵, 대본대로 대화를 바로 실시했다.

우선 소개받은 양조장 사장님이 취재에 응해주셨다 말하고 고맙다고 인사했다. 물론 처음 마실 술은 그 양조장 술. 밝게 활짝 웃으며 "'바람의 숲'으로 주세요!" 하고 큰 목소리로 주문한다. 어머, 왜 이렇게 술술 잘 풀린대! 머릿속으로 몇 번이나 이미지 트레이닝을 해온 보람이 있었다.

빈틈과 싸우다

무슨 일이든 첫 단추가 중요하다. 여기까지 왔으면 그다음 대화는 어떻게든 이어지는 법. 물론 화제는 사장님 소개로 취재하게 된 양조장에 관해서다. 마침 좋은 기회다 싶어 사전 취재를 할 겸 질문 공세를 펼쳤다. 사장님은 어떤 분인가. 잘생긴 아드님에 대해. 그리고 어떤 포인트로 공략하면 재미있을까…….

아아~ 화제가 있다는 건 얼마나 멋진 일인지! 유머가 넘치고 손님을 잘 다루는 사장님과 적절한 타이밍에 절묘하게 장단을 맞추는 귀여운 사모님도 거들어 줘서, 긴장한 나머지 1센티미터 정도 떠있던 엉덩이가 드디어 의자에 찰싹 달라붙으면서 편안해지는 것을 느낄 수 있었다.

이리하여 슬슬 '가지 다타키'를 주문.

오오, 어쩐지 혼술 느낌이 나는데!

하지만 정신을 차려보니 1분도 채 안 되었는데 눈앞의 가지가 반 이상 줄었다. 술잔도 이미 거의 빈 상태.

그렇군. 혼자선 시간을 때울 수 없어 그 빈틈을 채워보려고 술과 요리에 자꾸 손이 가는 것이다. 이러면 안 돼. 좀 더 천천히 즐겨야지. 심호흡을 하고 한 입 먹을 때마다 일일이 젓가락 받침에 올려놓는다. 나도 참 우아하기는. 황급히 넘기지 않고 잘게 잘 씹어 먹는다. 아무래도 가지다 보니 씹다 보면 바로 넘어가 버리지만 그런 건 신경 쓰지 않는다. 중요한 건 '차분하게' '요리를 음미'한다는 마음가짐이다.

그렇게 오물오물 열심히 씹다 보니 서서히 주변 사람들 대화가 귀에 들어오기 시작했다.

오른쪽 옆에서는 양복에 넥타이를 맨 아저씨가 회사 후배처럼 보이는 젊은 여성에게 열심히 사케를 권하고 있다. 아저씨는 이 여성을 데리고 근처 신사에서 열린 사케 이벤트에 참가했던 모양이다. 이야기가 점점 흥미로워지면서, 이벤트에서 그 여성이 얼마나 호기 있게 술을 마셨는지를 입담 좋게 풀어내며 왠지 자랑스러운 듯 사장님에게 설명한다. 실은 나 역시 그 이벤트에 참가했었기 때문에 즐거운 마음으로 귀를 쫑긋 세우고 들으려는 순간 그 아저씨와 눈이 마주치는 바람에 그만 말이 튀어나와 버렸다. "저도 거기

갔었어요!"

와, 어쩜! 나 모르는 사람하고 자연스럽게 대화한 거야?

그 자리에서 사장님도 끼어들어 화기애애하게 이야기꽃이 핀다. 그리고 사케를 추가 주문! 이, 이건…… 내가 결국 해낸 건가? 편안한 마음으로 혼술을 즐기는 첫 경험의 시간이 그렇게 지나간다.

인생의 폭이 넓어진다?

이렇게 해서 혼술 데뷔를 어찌어찌 거의 합격점으로 마친 상태에서 어느덧 폐점 시간이 다가왔다. 아아, 이 승리의 시간에 영원히 취하고 싶건만 그럴 수도 없고. 한 사람이 일어나고 또 한 사람…… 어느 정도 조용해진 때를 틈타 사장님에게 불쑥 "앞으로 '혼술'을 잘 해보고 싶은데요……" 하고 말을 꺼냈다.

"혼술! 좋잖아요, 꼭 해보셔야죠!"

네? 너무 쉽게 말씀하시는데, 여자 혼자 술 마신다, 그 말인데요?

"뭐가 어떻습니까? 저희 집에도 혼술 하러 오시는 여자분 꽤 많습니다. 으음, 여자분들이 훨씬 용기가 있어요. 남자는 되레 그러지 못하죠."

그, 그런가요?

"얼마나 좋습니까! 인생이 변할 겁니다!"

그, 그렇게까지 말씀하시는 건 좀…….

"모르는 사람하고도 얘기를 나눌 수 있잖습니까? 그럼 인생의 폭이 넓어질 테니까요……."

아득한 눈길로 말하는 사장님. 아, 어쩜 사장님도 혼술을 하고 싶으신 거군요. 하지만 가게 문을 열어야 하니 그러진 못하고.

그건 그렇고, 인생이 변한다! 인생의 폭이 넓어진다! 이 말에는 무척 감명을 받았다. 결혼을 한다든가, 복권에 당첨되어서 큰돈이 들어온다든가, 이런 대단한 계기가 아니면 크게 변하지 않는 게 인생이다. 그런데 '변한다'고, 그것도 겨우 혼술 하나로!

역시 혼술은 수행이다. 나의, 혹은 많은 현대인의 인생에 결정적으로 부족한 중요한 무언가를 발견하고 기르고 갈고닦는, 모든 이에게 열린 위대한 여정인 것이다.

그렇다면 혼술 하지 않을 이유가 없지 않은가.

좋아, 그렇게까지 말씀하신다면 용기 내어 더욱 갈고닦아 무슨 일이 있어도 혼술을 아주 자연스럽게 할 수 있는 여자가 되어야겠다! 그렇게, 모험에 나설 결의를 다진 용자처럼 뜨거운 가슴을 안고, 중년 여자는 혼자 의기양양하게 혼술 첫날의 가게를 뒤로했다.

이를
악물고
다음 술집으로

딱 알맞은 시간에 일이 순조롭게 끝난 어느 날, '그래, 오늘쯤 그 집에 한 번 더 가볼까, 이번엔 두 번째니까 심하게 긴장하진 않을 테고……' 그렇게 회사 책상에 앉아 생각에 잠겨있을 때, 문득 이게 아니다 싶은 생각이 들었다.

아는 집에만 다니면서 '혼술을 아주 자연스럽게 할 수 있는 여자'라고 할 수 있을까. 전혀 모르는 가게에도 훌쩍 들어갈 수 있어야 '인생의 폭이 넓어졌다'고 할 수 있을 것이다.

그래서 이를 악물고 다음 수행의 타깃으로 고른 곳이 집 근처에 있는 작은 선술집이었다.

역 앞 버스정거장 바로 앞에 있어 솔직히 버스 탈 때마다 신경이

쓰여 안을 몰래 들여다보기를 어언 몇 년……. 사실 난 '선술집'이라는 곳을 오랫동안 강렬하게 동경해 왔다. 선술집은 혼술의 베테랑들이 모이는 성지이기 때문. 다시 말해 나와 같은 수행자가 결코 피해 갈 수 없는 목표 지점인 것이다.

돌이켜 생각해 보니 내가 선술집의 존재를 처음 의식한 것은 20대 중반, 지방 지국에서 오사카 본사로 득의양양하게 전근을 했을 때였다.

신입사원 시절을 보냈던 지방을 벗어나 오랜만에 반짝반짝 빛나는 대도시 생활에 가슴이 뛰었던 젊은 날의 나. 그런데 오사카는 참 독특한 도시인 것이, 최고급 명품 숍이 늘어선 도심 여기저기에 작은 선술집이 자리하고 있다. 나는 그걸 보고 정말이지 충격을 받고 말았다. 선술집에 드나드는 분들이, 당시 내가 최고로 동경하던 구찌와 샤넬에 드나드는 분들보다 훨씬 멋지게 보였기 때문이다.

그건 뭐라 표현하기 힘든 '어른'의 세계였다. 입구 저편은 한낮에도 또 다른 세상이다. 지나가던 아저씨가 혼자 입구 노렌(가게 입구에 걸어놓는 천으로, 문을 열면 노렌이 보이므로 영업 중임을 알리는 표시이기도 하다 -옮긴이)을 확 젖히고 바테이블 앞에 털썩 앉아 유유히 맥주를 마시며 꼬치튀김을 먹고 나서는 휑하니 집으로 돌아간다. 그 모습이 너무나 자유로워 보였지만 당시의 나로서는 차라리 무리해서 구찌 매장에는 들어갈 수 있을지언정 선술집에는 도무지 들어갈 용기가 나지 않았던 것이다.

왜일까? 결국 내겐 뭔가가 부족했던 것이다. 세상에는 돈 따위로는 손에 넣을 수 없는 게 있다는 걸 어렴풋이 깨달았다.

선술집 데뷔전

자, 이제 드디어 '선술집' 데뷔를 할 때가 왔다.

그렇지만 그날 내가 조준한 것은 젊었을 때부터 동경해 온 묵직한 아저씨의 소굴이 아니라 약간은 세련되고 정갈한, 말하자면 '가벼운 선술집'. 늘 붐비는 편이고 여성 손님도 조금 섞여있다. 여기라면 나 같은 의지박약자라도 어떻게든 들어갈 수 있지 않을까.

가게 밖에 놓인 칠판에 항상 '맛있는 사케'가 줄줄이 적혀있는 것도 좋았다. 무엇보다 사케 공부 중인 몸, 공부와 수행, 일석이조라고 생각하면 이보다 좋은 동기가 있을 순 없다.

이렇게 서둘러 일을 끝마치고 앞으로 돌격…… 하지만 역시 발걸음은 바위처럼 무겁다. 무엇보다 이번에는 처음 들어가는 가게인

데다, 첫 선술집. 압박이 전에 비할 바가 아니다. 조심조심 가게 앞에 서서 우선 마음을 가라앉히고 그 칠판을 훑어본다. '한정판 사케 있습니다'라고 쓰여있다. 그래, 맞아. 사케 공부 한다고 생각하면 되는 거지.

좋았어, 들어가자!

자동문이 스르륵 열리면서 안을 들여다보니 다행히 빈자리가 꽤 보였다. 혼잡함 속을 끼어들어 가는 건 역시 용기가 필요할 테니까. 심호흡을 하고 안정을 찾은 다음, 바테이블 저편의 젊은 점원에게 가볍게 눈인사를 하면서 우선 출입구 가까운 공간에 몸을 쏙 집어넣는다.

그리고 우선 점원에게 "한정판 사케로 뭐가 있나요?" 하고 질문. 아까 칠판을 보면서 대화거리로 정해둔 대사다. 내가 생각해도 참 자연스러운 시작 아닐까! 그러자 돌아오는 말. "메뉴에 적혀있습니다." 아, 그렇군요. 우선 가볍게 헛스윙.

하지만 이런 일로 침울해질 수는 없다. 정신 차리고 테이블에 놓인 메뉴를 보니 지난번에 막 취재하고 온 '아키시카'('가을 사슴'이라는 뜻—옮긴이)를 한정판 사케 리스트에서 발견했다! 이렇게 반가울 수가! 타지에서 오랜 친구를 만난 기분이다. 다행이야~ 모르는 사람에 둘러싸여 얼마나 마음 졸였는지……. 그래서 "아키시카 주세요!" 하고 자신만만하게 주문했다. 아 그래, 아키시카 하면 이거지. "저기, 뜨겁게 데워주실 수 있을까요?"

아키시카 하면 뜨겁게 데운 게 더 맛있다. 최근 취재 때 들은 따끈따끈한 정보다.

그러자 그 젊은 친구가 말한다. “아—, 이건 차갑게 드시는 게 좋은데요.”

……첫 단추를 잘못 끼운 순간이었다.

"그런 것도 몰라?"

따뜻하게 데워달라는 부탁을 거절당하는 경우는 사실 드문 일이 아니다.

사케를 차게 식혀 마시는 게 일반 상식이 되어버린 지금, 와인잔에 차가운 사케를 부어 마시는 게 '옳은 일'이자 세련된 방법이라고 여기는 가게와 손님이 적지 않다. 물론 다른 사람의 취향을 가지고 내가 이러쿵저러쿵 말할 입장은 못 되지만, 문제는 그 반동으로 '데워 마시는 것'을 마치 시대에 뒤떨어진 아저씨들이나 할 법한 일로 여기는 곳이 늘어났다는 점이다.

……이런 사실을 당시 사케 공부를 막 시작한 내가 처음 알게 되었을 무렵이었다. 그리고 따뜻한 술의 맛에 눈을 뜨기 시작한 참이

어서 그 부당한 취급에 내심 화가 나있기도 했다.

무엇보다 술을 빚는 양조장이 "우리 집 술은 꼭 데워서 마셔주었으면 한다"면서 술을 정성들여 만들었는데 그 마음이 세상 사람들의 잘못된 '상식'에 부딪쳐 전혀 뿌리내리지를 못한다. 결과적으로 그 사케를 파는 술집을 찾아내더라도 데워달라고 하면 "안 됩니다, 차갑게 드셔야 해요"라며 거꾸로 훈계를 듣기도 한다.

너무나 아쉬운 일이다.

그렇다고는 해도 지금은 이런 가게가 너무나 늘어 이제 와서 일일이 놀랄 일도 못 된다.

그러나,

이때 나는 무엇보다 '혼술의 모험을 떠난 용자'의 심경이었던 탓에 우습게 보여선 안 된다고 어깨에 힘이 들어갔던 모양이다. "네? 데워주실 수 없다고요?" 어느 모로 보나 불만 가득한 표정이었던 것이다. '나 초짜 아니거든? 아키시카는 데워야 맛있거든? 칠판에 이 술 이름을 썼으면서도 그걸 몰라?'(이상, 마음의 목소리)라는 표정…… 아, 지금 생각해도 식은땀이 난다. 그러면서도 물론 싸움을 걸 만큼 각오와 배짱도 없으니(없어서 얼마나 다행이었는지) "그럼, 차게 해주세요" 하고 '맘에 안 들어도 어쩔 수 없지' 하는 티를 팍팍 내면서 주문했다.

당연히 싸한 분위기에 휩싸인다. 이런…… 갑자기 가시방석이다. 무엇보다 혼자라서 싸늘하게 식은 분위기를 띄워볼 만한 대화

상대도 없다. 혼술이란 자기가 만든 분위기를 자기가 책임져야 하는 것임을 그때 깨달았지만, 때는 이미 늦었다.

그러자 잠시 후 종업원이 와서 말했다. "저, 미지근한 거면 있는데요." 와, 정말요? 고맙습니다! 끈질기게 굴기를 잘했어! 하지만 꽤 성가신 손님이라고 생각했겠지. 으음…….

입 꽉
다물고
마시다

그렇다지만 처음 들어간 곳이라서 종업원과 더 대화할 수도 없다. 저기 말이죠, 전 성가신 사케 마니아도 아니고요, 그냥 따뜻하게 데워서 마시고 싶었을 뿐이고요, 실은 꽤 괜찮은 사람이거든요…… 라고 변명을 하고 싶었지만 물론 점원이 말을 걸어줄 리 만무하고, 내가 말을 걸려고 해도 바빠 보였고, 주문한 '떠먹는 두부'와 '전갱이회'가 정말 맛있었음에도 불구하고 "맛있네요!"라고 한마디 할 타이밍조차 놓치고 말았다.

그럭저럭 넘어가는 중에 나보다 나중에 온 남자 손님이 내 옆에 앉아 점원과 친밀하게 대화를 나누기 시작했다. 오랜 단골로 보이는 그 사람은 '혼술의 달인'처럼 보여 부러웠다.

어떻게 하면 저렇게 될 수 있을까.

이전에 갔던 가게에서처럼 이 대화에 자연스럽게 끼어들 수 있으면 좋을 텐데 그 집 사장님처럼 마음 써주는 사람도 없고, 이미 '성가신 손님'이 되어버린 상태고, 대화 내용도 완전히 로컬(이 두 사람 출신 지역이 상당히 가까운 듯)이어서 끼어들 여지가 '1'도 없고…… 머릿속에서 스스로를 질책하며 입 다물고 오로지 먹고 마시는 데에만 집중했다.

으음. 혼술의 길은 험난하구나!

이전 가게는 아는 사람이 하는 가게였고 또 기분 좋게 마실 수 있도록 사장님이 마음을 써줬던 것임을 새삼 느낀다.

방금 전까지 기세등등하던 용자는 어디로 사라졌을까.

어깨를 떨구고 문득 위쪽을 쳐다보니 천장 가까이에 놓인 텔레비전에서 한신 팀의 야구 시합을 중계하고 있었다. 연고지라 그런지 손님들 대부분이 한신 팬으로 야구 플레이에 일희일비하는 모습이었다. 나는 특별히 야구를 즐겨 보지는 않았지만 달리 할 일도 없어 어쩔 수 없이 혼자 그냥 멍하니 텔레비전을 올려다보았다. 아, 고독하다…….

그저 시간만 덧없이 흘러가는 사이에 한 손님이 한심한 선수에게 유머 섞인 야유를 던졌고 그 소리를 듣고는 그만 혼자 픽 하고 웃었다. 물론 반응해 주는 사람은 아무도 없다.

정말 바보 같다.

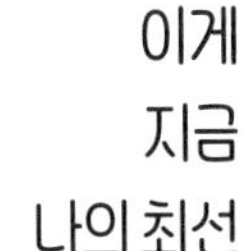

이게 지금 나의 최선

이렇게 아무도 상대를 해주지 않고 어쩔 수 없이 멍하니 혼자 텔레비전으로 한신 팀의 야구 중계를 보는 나였다.

아…… 곰곰이 생각해 보면 100퍼센트 수수께끼다. 수수께끼가 아니고 뭐겠는가. 대체 뭐 하러 어깨에 힘주고 어슬렁거리며 여기 나타났을까. 야구 중계는 집에서 뒹굴며 봐도 되는데. 그편이 훨씬 맘 편할 텐데.

하지만……

응, 그래, 이걸로 됐어. 아마도. 아니, 분명.

그야 지금의 나는 너무나 고독하다. 하지만 이게 현실이니까. 이것이 지금 내가 할 수 있는 최선이다. 있어도 그만 없어도 그만인 존재지만, 얌전히 야구를 보는 동안 웃음이 나온다고 할까, 포기의 경지에 이르렀다고 할까, 항복했다고 할까. 될 대로 되라는 마음에 어깨에서 힘이 빠지면서, 점차 모르는 손님들과 호흡이 맞아떨어져 가는 느낌이 드는 것 같았다.

그렇다. 적어도 '있어도 방해가 되지 않는' 존재가 되었다, 이런 기분이 든다.

그렇지, 공기 같은…… 아니, 그건 전혀 칭찬하는 말이 아니다. 그렇게 생각하면 허무하지만 어떻게 보면 공기에게도 역할이라는 게 있다. 그것도 아주 중요한 역할이. 사람들이 고마워하기는커녕 의식조차 하지 않지만, 사람은 공기가 있어야 살 수 있다!

……그렇게 억지로 스스로를 납득시킨 후 "잘 먹었습니다" 하고 얌전히 계산대로 다가간다.

계산대에 선 분은 안에서 요리를 만들던 젊은 점원으로 보이는 분. 계산하는 동안 문득 내가 손에 들고 있던 종이봉투에 시선이 갔는지 한마디 했다. "사케를 좋아하시나 봐요?" 그렇다, 이날은 우연히 오사카의 술 가게에서 (공부를 위해) 사케를 됫병으로 산 참이었다. "아, 네…… 많이 좋아해요."

그렇다, 대화라는 건 이런 거다. 억지로 하는 게 아닌 거다. 흐름이라는 게 있다. 뭐, 이 대화로 인해 더욱더 '성가신 손님'이라고 생각될 가능성은 있지만 그거야 어쩔 수 없다. 몇 번 다니다 보면 조금씩 오해가 풀리지 않을까? 그걸로 된 거지 뭐, 하고 완전히 마음이 수그러든 나였다.

돌이켜 생각해 보니 이 선술집이 실질적인 내 '혼술 데뷔'였던 것 같다. 레전드 데뷔전이라고까지는 못해도 어쨌든 용기를 짜내 들어갔고, 불편함을 견디며 먹고 마셨고, 적어도 죽지 않고 나올 수 있었다. 덕분에 불편함을 견디는 '마음가짐'만은 아주 조금 배울 수 있었던 것 같다.

실패의
원인을
고민하다

하지만 다시 생각해 보면 정말이지 끔찍한 체험이었다. 나름 작전을 세우고 마음의 준비도 했건만 대체 왜 그런 실패를 한 걸까.

……아니, 다시 생각해 보면 겸허하게 그런 반성을 하고 있는 내가 놀랍다. 지금까지 나는 친구나 동료와 처음 들어간 집에서 불편한 기분을 느꼈다면 그건 100퍼센트 '그 집 탓'이라고 생각했으니까. 다 같이 불같이 화내며 두 번 다시 가나 보자고 불만을 마구 토했다. 그런데 이번에 불편했던 건 100퍼센트 '내 탓'이라 여기고 있으니.

나, 대체 어떻게 된 거지?

어쩌면 이것도 혼술이 인생에 안겨주는 하나의 묘미일지도 모른다. 세계(술집)와 홀로 직접 마주하다 보면 세계란 나 스스로 만들어낸 게 아닐까, 다시 말해 그저 '내 행동이 나에게 부메랑처럼 돌아오는 것'이 아닐까 하는 점을 뼈저리도록 이해하게 된다. 그렇잖은가, 내가 실패한 곳은 사람들로 늘 붐비는 인기 있는 가게고, 나 말고 다른 손님들은 정말 즐거운 듯이 먹고 마셨으니까. 다시 말해 '좋은 술집'임에는 틀림없는 것이다. 그런데 나 혼자만 그 좋음을 즐기지 못했으니. 결국 적은 바깥에 있는 것이 아니라 내 안에 있었다. 어떤 가게에 가든 내 태도에 따라 그 가게는 천국이 되기도 하고 지옥이 되기도 한다는 사실을 나는 뼈아프게 느꼈다.

이렇게 해서 왜 그런 실수를 저질렀는지 다시 한번 뒤돌아 본 기특한 나 님이올시다.

'성가신 손님'으로 여겨진 원인. 그건 역시 아는 척을 했기 때문이리라.

우연히 알고 있던 브랜드의 술을 발견했다고 좋아서는, 그 술에 대해 묻지도 않았는데 처음 간 곳에서 잘난 척, 아는 척했기 때문이다. 아니, 심하게 티를 내지 않았다고는 하더라도 허심탄회하게 돌이켜 보면 '데워달라고' 주문한 것은 틀림없이 '나 술 쫌 아는 사람이야'라는 과시욕에서 나온 것이었다. 결과적으로 점원이 대략 난감할 만도 했다.

아아, 대체 왜 그런 짓을 저질렀을까?

나는 그냥 첫 가게에서든, 그리고 혼자서든 즐겁게 머물고 싶었을 뿐이다. 그러나 잘 생각해 보면 어떻게 하면 그럴 수 있는지에 대해 내가 결정적으로 오해했던 건 아닐까.

다른 사람에게 존중받으려면 존중받을 자격이 있는 인물이어야 한다—난 그렇게 믿었다. 그래서 나를 크게 보이려고 했던 것이다. 왜냐하면 다들 그렇게 생각하니까! 적어도 난 지금까지 그렇게 생각해 왔다. 학교에서 존중받으려면 '공부 잘 하는 학생'이어야 한다. 회사에서 존중받으려면 '일 잘 하는 사원'이어야 한다. 마찬가지로 술집에서 존중받으려면 '술 잘 하는 사람'이어야 한다.

아무런 의심 없이 그렇게 믿었던 것이다. 그런데 그건 어처구니없는 착각이 아니었을까?

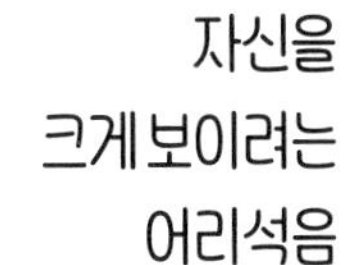

자신을 크게 보이려는 어리석음

이는 내 인생에서 실로 중요한 교훈이 되었다. 말하자면 '인생을 바꾼 실패'라고 해도 과언이 아니다.

그렇잖은가, 문득 세상을 둘러보니 나뿐만 아니라 이 근본적인 착각을 안은 채 설 자리를 만드는 데 실패하고 인생을 망치는 사람이 얼마나 많은지! 무엇보다 설 자리만 있으면 사람은 어떻게든 살아갈 수 있는 법이다. 현대인은 매사에 '돈만 있으면' 문제가 해결된다고 믿지만, 돈이 아무리 많은들 설 자리가 없는 인생은 틀림없는 지옥이다.

예를 들어 은퇴 후의 회사원. 집에서 아내에게 '삼식이' 취급을 받고, 이렇게 된 거 동네 데뷔나 해볼까 싶어 이런저런 모임에 얼굴을 내밀지만 아무리 노력한들 어디에도 섞이지 못한다……. 이건 지금 세상에서 정말 흔하디흔한 비극이다. 그리고 이 비극의 최대 원인은 바로 이 '나를 크게 보이면 남들이 인정해 준다'는 착각 때문 아닐까.

왜 그들이 그런 행동을 보이는가 하면 그게 경쟁 사회의 상식이기 때문이다. '저 사람은 지식도 경험도 풍부해'라고 주위 사람들에게 인정받지 못하면, 일하는 현장에서는 점점 구석으로 밀려나는 법이다. 우리는 항상 서로 경쟁하면서 이 사회를 살아내려 한다. 다른 사람보다 우위에 서야 비로소 주위 사람들에게 존중받고 더 나아가 행복을 쟁취할 수 있다고 마음속 깊이 믿으면서.

하지만 그게 통하는 건 '경쟁 사회'에서일 뿐, 사실 세상엔 '경쟁하지 않는 사회'라는 게 존재한다!

그건 예를 들어 가족이며 지역사회며…… 그리고, 술집이다.

혼술을
제패하는 자,
노후를 제패한다?

나도 참, 생각해 보면 당연한 이치다. 세상엔 '경쟁하지 않는 사회'라는 게 존재한다는 말. 모든 생명은 서로 돕고 산다. 물론 때로는 경쟁도 해야 한다. 캥거루조차 암컷을 차지하려고 권투로 치고받지 않는가. 그럼 승자만 살아남는가? 아니, 그럴 리 없다. 만약 그것이 진실이라면 생물들은 훨씬 오래전에 대부분 멸종했을 것이다.

경쟁과 협력. 살아남으려면 이 둘의 균형이 중요하다.

하지만 나로 말하자면 그런 당연한 일을 완벽히 잊고 살았다. 은퇴 후의 회사원 여러분을 긍휼히 여길 때가 아니었던 것이다.

살아남기 위해서는 무조건 이겨야 한다! 특히 세상이 팍팍할수록 더욱 이겨야 한다고, 열심히 살아야 한다고 필사적이었다. 그건 분명 나에게만 한정되는 일이 아닐 것이다. 더욱 각박해지는 세상에서 책과 잡지와 인터넷 모두 이기기 위한, 다른 사람보다 우위에 서기 위한 정보로 차고 넘친다. 그런 정보를 필사적으로 검색하고 있는 사이에 '경쟁 이외의 가치' 따위 그 존재조차 잊혀버리고 만다.

그러니 처음 간 술집(=아무도 경쟁 따위 하지 않는 곳)에서 나는 이런 대단한 사람이라고 뻣뻣하게 군 것이다. 바보 멍충이. 누구와 싸워 이기려 했던 걸까. 이겨서 뭘 어쩔 셈이었을까. 조금만 생각해도 알 법한데 말이다. 그걸 모르고 살았다, 내가. 무엇보다 난 악의가 전혀 없었다. 그저 '내 존재를 인정해 줬으면' 하고 마음속 깊은 곳에서 외쳤을 뿐이다. 하지만 '나를 봐!' 하고 허세를 부리는 건 나쁜. 그곳에 있는 모두가 분명 '그래서 뭐 어쨌다고?'라고 생각했을 것이다.

지금 돌이켜 보니 그런 내가 가엾게 여겨진다. 나도 나름 열심히 싸워왔다. 하지만 그런 내 세계는 너무나 좁고 출구가 없었다. 계속 이기는 인생이라는 게 있을 리 없다. 그런 사실을 두려워하고 어디까지나, 언제까지나 필사적으로 호기를 부려왔던 나. 얼마나 절망적인 인생인가.

하지만 만약 그러지 않아도 행복해질 수 있는 방법이 있다면?

싸우지 않아도, 허세를 부리지 않아도, 사람들 속에서 자연스럽게 녹아 지낼 수 있는 방법이 있다면?

그야 물론 어떻게든 꼭 알아내야 할 거다. 왜냐하면 앞으로 나이를 먹어갈 테니까. 체력도 기운도 점점 더 떨어져 갈 테니까. 다시 말해 경쟁을 하다 보면 지는 일이 점점 더 쌓여갈 테니까. 그렇다면 혼술을 제패하는 자, 노후를 제패한다…… 이렇게 말할 수 있을지도 모른다.

그럼 대체 어떻게 하면 좋은가

경쟁하지 않는 사회(예를 들어 술집)에서는 크게 보이려고 하는 사람을 불편해한다.

그럼 대체 어떻게 하면 좋은가.

그걸 알면 뭐가 문제겠나. 한 마디로 잘 모르겠다는, 아니 전혀 알 수 없다는 뜻이다. 하지만 어쨌든 '나'를 일단 옆으로 키핑해 두어야 하지 않을까. 거북한 분위기 속에서 어쩔 수 없이 될 대로 되라고 공기처럼 무아지경에 이르렀더니 드디어 꺼끌꺼끌한 이질감이 떨어져 나갔던 그 경험을 기억해 두어야 한다.

말하자면 무념무상. 우선 먼저 온 손님들에게 경의를 표하고 그곳의 분위기를 깨뜨리지 않는 데서부터. 적어도 방해가 되지 않는

데서부터…… 솔직히 말해서 시시하기 그지없다……. 혼술이란 뭐랄까, 나의 이상형 도라 씨처럼 처음 간 술집에서 주위 사람들과 쉽게 섞이는 그런 화려하게 빛나는 마법 같은 것이라고 상상했으니까. 하지만 아쉽게도 난 도라 씨가 아니었다. 우선 나 자신을 알아야 한다.

이렇게 기죽지 않고 혼술 수행을 계속했다.

여담이지만 이 '기죽지 않고'가 나의 굉장한 장점이다. 내 좌우명이 '하면 된다'다. 사람은 포기하지 않고 계속 하다 보면 언젠가 '할 수 있는' 날이 온다. 패배란 포기한 그 순간을 뜻한다. 인생은 영원한 연장전. 물론 '할 수 있는 날'이 오기 전에 수명이 다할 수도 있지만, 어차피 죽은 다음에야 어쩔 수 없는 거고.

쓸데없이 서두가 길었는데, 아무튼 다음 도전이다.

앞에서도 썼지만 당시 내가 근무하던 오사카는 세계에서 손꼽히는 선술집 도시로 주요 번화가에서 약간만 벗어나도 묵직한 '선술지대'가 여기저기서 모습을 드러낸다. 거듭 말하지만 나는 그런 곳에 강한 동경심을 품었으면서도 도저히 다가가지 못하고 오랫동안 번민을 거듭했다. 왜냐하면 거기서 어떻게 행동하면 좋은지 도무지 알 수 없었기 때문이다.

그-러-나.

지금의 나는 다르다 이거야! 무엇보다 착실히 예습을 쌓아왔다.

아니, 실패를 쌓아왔다고 할까. 적어도 '하면 안 되는 것'만은 확실히 알게 되었다. 이렇게 해서 다음은 드디어 적의 심장, 선술집 구역으로 돌격이다!

드디어 딥(deep)한 선술집 거리로

목표로 정한 곳은 오사카 우메다의 '신 우메다 식도락가'다.

'식당가'가 아닙니다. 식도락가. 다도, 검도, 궁도, 서도…… 그리고 식도(食道)! 음식이란 단순한 기분 전환용이나 즐거움이 아니라 마음을 쏟아 극한을 추구해야 할 '도'인 것일까.

'혼술'을 극한까지 밀고 나가려는 내게 딱 들어맞는 네이밍이 아닐 수 없다.

그래서 어느 겨울날, 안절부절 일을 얼른 끝마치고 다시 용기를 짜내 화려한 한큐백화점 옆에 홀연히 모습을 드러낸 선술집의 미궁으로 총총히 걸어 들어가는, 그곳과 어울리지 않는 중년 여자.

와— 좋다. 시간이 멈춘 것 같은, 이 스마트한 시대에 스마트함이라고는 털끝만큼도 느껴지지 않는, 레트로 감성과 사람 냄새를 뿜어내는 공간! 응, 그래, 바로 이거야! ……하고 한 발 떨어져 바라보기만 한다면 그야말로 즐겁다.

그리고 물론 어떤 가게든 드나드는 건 자유. 회원제일 리도 만무하다.

그러나 여기에는 '마음의 회원제'가 있다.

가게를 들여다보면 바테이블란 바테이블은 죄다 아저씨들로 가득하다. 그에 반해 일하는 사람은 한 명, 기껏해야 두 명. 물론 정신없이 뛰어다닌다. 유니폼을 입은 종업원이 정중하게 자리까지 안내하고 메뉴를 가져다주는 그런 서비스는 눈 씻고 찾아봐도 없다.

다시 말해 여기 들어간다면, 손님이 스스로 약간의 틈을 발견해 먼저 온 손님 사이로 끼어들어 가서 가게의 룰을 순식간에 파악해 메뉴를 재빨리 훑어보고 주문할 음식을 정한 후 사장님과 어떻게든 눈을 마주치고…… 다시 말하자면 장소를 확보하고 처음 술과 안주를 확보하는 데도 상당한 재주와 근성이 필요하다는 말이다. '실력 없는 자는 떠나라'라는 무언의 목소리가 들려온(것 같)다. 아아, 다시 긴장감이 팽팽하게 흐른다.

남몰래 손에 땀을 쥐고 우선 목표로 한 가게 간판을 찾는다.

지역 잡지에 '오뎅과 소힘줄(스지) 조림이 명물인, 사케를 완벽하게 갖춘 선술집'이라고 소개됐던 그 집이다. 응, 좋잖아. 활짝 웃는 사진 속 사장님이 자상해 보인 것도 겁먹은 내게는 선택에 중요한 요소였다.

그건 그렇고, 식도락가는 그야말로 미로였다. 솔직히 말하면 난 '지도를 읽지 못하는 여자'. 벽에 붙은 안내도를 여러 번 확인하면서 빙글빙글 좁고 엇비슷한 통로를 왔다 갔다 혼자 방황하고 있자니, 혼술 수행의 길 없는 길을 방황하는 나의 현재를 상징하는 것 같아, 왠지 앞날이 보이는 것 같아 암담하다…… 이런 생각을 하는 사이, 아, 저기 아냐? 드디어 목표 지점 발견!

무엇보다 얌전한 마음가짐으로……

골목 저편에서 찾던 가게의 간판을 겨우 발견한다. 그 순간이 기쁜 것 같기도 하고, 궁지에 몰린 것 같기도 하고…… 늘 똑같은 패턴이다. 하지만 여기까지 왔으니 이제 들어갈 수밖에. 마음만은 과감하게 흰 노렌을 손으로 휙 걷고 바람처럼 스윽 걸어 들어간다.

의외로 붐비지 않아 우선 가게에 방해가 되지 않도록 구석 자리에 앉는다.

그렇다, 오늘의 테마는 '얌전하게'! 매사에 한 발자국 물러서서 나를 크게 보이려 하지 않는다. 무엇보다 가게를 우선으로. 그렇게 굳게 마음먹고 왔다.

'마음을 가라앉히는 거야' 스스로 다짐하면서 우선 가게 안을 한

바퀴 둘러보자 다양한 종류의 사케 이름이 적힌 단사쿠(글을 쓸 수 있게 만든, 가로세로 6cm×36cm의 가늘고 긴 목판 혹은 종이—옮긴이)가 여기저기 다닥다닥 붙어있다. 음, 정말 잡지에 적힌 대로 '사케를 완벽하게 갖춘' 곳이로군. 그리고 바테이블 안쪽에는 사진에서 봤던 눈꼬리가 처진 자상한 인상의 사장님이 있다.

"주문하시겠습니까?"

옳거니—! 그래, 처음이 중요해.

절대로 아는 척 술 이름을 대서는 안 돼. 사실 단사쿠에 적힌 술 이름 중에는 아는 것도 있었지만, 여긴 처음 온 곳이잖아. 가게 분위기로 봐서 사장님은 상당한 사케 마니아야. 그 지식의 총량은 이제 막 사케를 마시기 시작한 아장걸음의 나와는 비교가 되지 않을 만큼 확실한 거야. 우선 그 지식과 애정에 경의를 표하고 모든 걸 맡기는 데서부터 시작하자.

인상 좋게 활짝 웃으면서도 약간 부끄러운 듯 "저, 차게 식히지 않은 사케를 마시고 싶은데요(데워달라고 하고 싶지만 이전의 실패를 떠올리고 억지를 부리지 않기로 했다), 골라주실 수 있을까요?" 하고 말해본다. 이때의 내게는 이게 최선의 주문이었다.

그러자 사장님, 순간 '어?' 하는 표정. 윽…… 여자 혼자 들어와서 사케를 주문하는 시추에이션은 역시 크레이지한 걸까. 그러나 역시 프로다. 바로 얼굴 표정을 다잡고 벽에 쭉 진열된 됫병들을 가만히 바라보더니 그중에서 하나를 꺼내 컵에 가득 부어주셨다.

활짝
웃으며
"맛있어요!"

사장님이 됫병에서 컵으로 따라준 처음 한 잔. 두근거리며 한 입 홀짝인다.

이, 이거…… 맛있다!

……정말입니다. ……진짜로 맛있었어요, 무척.

하지만 여기서 말해두고 싶은 것은, 맛이 있다 없다를 말할 때 어정쩡한 식도락 평론가처럼 의심에 가득 차서 향을 맡아보거나 색깔을 확인하거나 한 게 아니라는 거다. 그건 결코 지금의 내가 취해야 할 태도가 아니다. 그건 술집에 대한 적대적 행위이기 때문이다. 처음 훌쩍 들어왔을 뿐인 존재, 다시 말해 불면 날아갈 듯한 손님임을 잊고, 손님은 왕이다, 내가 가게 점수를 매겨줄 테니까 딱 기다려,

하는 태도처럼 여겨지기 때문이다. 그런 태도로는 백만 년을 기다려 본들 혼술 마스터가 될 수 없다……는 것을 내가 지금까지의 실패를 통해 습득했음을 독자 여러분은 이미 알고 계실 것이다.

정확히 말하면 '왠지' 맛이 있었다. 그걸로 충분했다. 그리고 마음 깊이 편안해졌다.

사장님이 처음 보는 나를 위해 골라준 것이니까. 그리고 난 이 가게와 사이좋게 지내고 싶다(가능하면 단골이 되고 싶다)고 생각하고 찾아왔으니까. 그래서 부디 맛있는 술이기를 비는 마음이었다. 바꿔 말하면 이 첫 한 잔은 맞선에서의 첫인사와 같다. 그런데 그게 정말 맛있었던 것이다. 아아, 다행이다!

……그렇게 생각하고 사장님을 슬쩍 쳐다보자 자연스럽게 눈이 마주치지 않겠나! 과연 그도 그럴 것이 처음 오는 손님이고, 분명 거동이 수상쩍었을 테고, 사장님도 손님이 이 술을 마음에 들어 해줄까…… 그리 걱정했을 테니까.

그걸 순식간에 이해한 나는 곧바로 활짝 웃으며 한 마디 했다. "맛있네요!" 그러자 사장님도 말한다. "그래요? 다행이네요!"

……어? 나 완전 자연스럽지 않았나? '처음 온 손님' 치고는 나름 사장님과 대화가 되잖아!

여기서 우쭐대면서 사장님과 '사케 담론'이라도 펼치고 싶어졌지만, 마음을 꽉 억누른다. 몇 번을 말하지만 오늘의 테마는 '얌전하게'. 우선 입 다물고 조용히 술을 맛보며 가게 분위기를 관찰한다.

내, 내가……
해냈다!

주위를 둘러보니 대부분 혼자 온 나이 지긋한 회사원들. 아무래도 단골이 많은 듯했다. 저마다 사장님과 각자 대화를 나눈다. 그렇군, 단골손님이란 이런 식으로 대화하는구나. 많이 배우고 갑니다! 하지만 잘 생각해 보면 그런 느긋한 분위기의 공간에 웬 이상한 여자가 쳐들어와 분위기를 흐려놓은 기분도 든다. 용서하시오, 여러분. 빨리 분위기를 원래대로 되돌려 놓아야지…… 으음, 지금까지와는 완전히 달라진 훌륭한 태도야, 나도 참 기특하기도 하지. 그러려면 애쓰지 않고, 조용히 마음을 가라앉히고…… 이러면서 몰래 심호흡을 하고 있을 때 부부처럼 보이는 초로의 두 사람이 들어왔다.

사장님, 얼른 알아보고 "아, 어서 오세요".

'아'라는 건 역시, 단골인가 보다.

"집에서 아들이 기다려요. 시간이 없어서 그런데 '양상추 전골' 포장해 줘요."

뭐, 양상추 전골? 실은 아까부터 벽에 붙은 종이를 보고 계속 신경이 쓰였다. 무엇보다 500엔이다. 어떤 전골일까?

바로 전골을 만들기 시작한 사장님을 가만히 바라보는 나. 데워진 오뎅 다시를 작은 냄비에 넣어서 재빨리 국물을 만들고 두부, 손으로 찢은 양상추, 버섯을 넣어 끓인다. 으음…… 맛있겠다! 문득 옆을 보니 주문한 부부도 완성되어 가는 양상추 전골을 숨죽이고 바라보고 있다.

잠시 동안의 정적.

그리고, 그리고 말입니다…… 이 내가 용기를 내어 옆에 있던 부인 쪽을 보며……

"양상추 전골, 맛있을 것 같아요."

우오오오오, 말을 걸었답니다! 모르는 사람에게! '테마는 얌전하게'가 아니었나! 아니, 아니죠, 이 상황에서는 아무 말도 하지 않는 게 더 부자연스러운 느낌이 들었으니까요!

그러자 부인, 생글생글 웃으며 "엄청 맛있어요. 담에 꼭 먹어보세요"라고 하잖아요!

"네, 꼭 먹어볼게요! 진짜 맛있겠어요!" 하는 나.

그걸 옆에서 듣던 사장님도 싱글벙글이다.

왠지 나…… 드디어 해냈습니다! 드디어 말이죠! 자연스러움 그 자체 아니었나요? 혼술을 자연스럽게 할 수 있다는 게 바로 이런 느낌 아닐까요?

눈앞에 확실한 길이 열리다!

……이렇게 남모르게 혼자 흥분하던 나를 뒤로하고 부부는 양배추 전골의 완성과 더불어 바람과 같이 사라져 버렸지만 덕분에 술집과의 거리가 줄어든 느낌이 들어 "저기…… 이번엔 데운 술을 마시고 싶은데요" 하고 아주 조금이지만 한 발 더 나아가 주문을 해본다.

그러자 사장님, 선반에서 됫병을 획 집어 알루미늄 지로리(銚釐, 술 데우는 용기—옮긴이)에 붓더니 온도계를 넣어 데우기 시작하는 게 아닌가.

그걸 보고 그만 가슴이 찡해지는 나.

앞에서도 썼지만, 따뜻한 술을 달라고 하면 "좋은 술은 데우는 게 아니다"라며 거절당하거나 혹은 질 나쁜 술을 대충 전자레인지

나 사케칸키(酒燗器, 술 데우는 기구—옮긴이)로 데워 내오는 집이 압도적으로 많다. 조금씩 알게 된 사실이지만 어쩔 수 없는 일이기도 하다. 무엇보다 술을 데우는 건 무척 손이 가는 일이다. 술에 따라 온도에 신경을 곤두세우면서 최적의 타이밍을 놓치지 않고 술을 데운다는 건 말 그대로 지난한 일이니까. 특히 '아주 차갑게 식힌 술'을 좋아하는 손님이 늘어나는 요즘 추세에 이렇게 세심하게 데워주는 건 '대가를 바라지 않는 사랑'이라고 할 수밖에. 하물며 최소한의 인원으로 꾸려나가는 선술집에서는 기적에 가까운 친절이라고 할 수 있지 않을까.

……사케 취재를 해왔던 나는 그걸 조금씩 이해할 수 있게 되었다.

아아, 여기가 바로 내가 찾아 헤맸던 집이야!

너무나 기뻐서 이번에야말로 그만 '사케 담론'을 시작할 것만 같았는데 그걸 꾹 참은 것이 내가 생각해도 대견했다.

무슨 일이든 우쭐대서는 안 된다. 정말로 감사하는 마음이 있다면 여기서 묻지도 않았는데 떠들어 대서 바쁜 사장님을 쓴웃음 짓게 하는 것이 아니라, 그리 오래 시간을 두지 않고 다음에 다시 찾아와야 하지 않을까. 그때 "데운 술이 맛있어서 또 왔어요!" 하고 말하면 된다. 그것으로 마음이 다 전해진다. 그게 바로 술집 사장님이 가장 기뻐할 일일 것이다. 지식이란 자랑해 보이기 위한 것이 아니라 상대방에게 따스한 고마움을 전하기 위한 도구인 것이다.

……그런 생각을 하다 보니 눈앞에서 모세 앞의 바다처럼 길이 확 열리는 것 같았다. 그래, 그렇게 하면 나, 꿈에 그리던, 동경해 마지않던 '단골'의 길에 한 발 내딛을 수 있지 않을까?

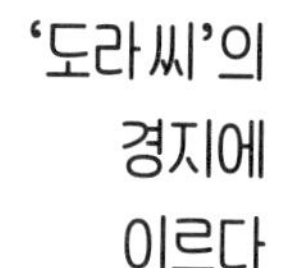

이렇게, 잘 먹었습니다 하고 생글생글 인사를 한 뒤 맛있었습니다, 담엔 '양상추 전골' 먹을게요! 하고 말해 사장님을 웃게 만들고, 싱그러운 바람처럼 노렌을 휙 걷어 올리며 가게를 빠져나온 나.

남몰래 작게 한 번 폴짝 뛴다.

드디어, 드디어…… 내가 결국 감각을 익힌 게 아닐까? 다시 한 번 되짚어 보면, 혼자 처음 가보는 술집에서 긴장 속에서도 분위기에 잘 녹아들었고, 자연스럽게 주위 사람들과 대화를 했고, 게다가 다음에 또 찾아갈 수 있는 기반을 다진 것이다.

와, 완벽 그 자체?

아니, 이건 거의 '도라 씨'의 경지에 이르렀다고 해도 되는 거 아님? ……하고 기세등등하니 흥분된 마음을 겨우 가라앉힌 뒤 아까 일어난 일을 천천히 복습해 본다. 승리의 요인은 무엇이었을까?

우선 무엇보다 얌전하게, 인상 좋게 행동했다.

사케에 관한 지식을 과시하며 자신을 크게 보이려고 하지 않았다.

술집에서 오가는 대화에 귀를 기울였다.

그 흐름을 타고 '이때 한 마디 하면 다들 좋아하겠지' 싶은 말을 절묘한 타이밍에 던져 모두를 환하게 웃게 만들었다(아마도).

기고만장해져서 오래 있지도 않았고, 상큼한 여운을 남기며 나왔다.

……와아, 돌이켜 보면 볼수록, 내가 생각해도 참 물 흐르듯 멋진 행동이었다. 게다가 이건 계산해서 한 행동이 아니다. 내 안에서 자연스럽게 우러나온 것이다. 처음부터 정한 것이라고는 '얌전하게'라는 것뿐.

그렇다면 틀림없이 이거다. 여기에 열쇠가 있다.

다시 한번 꼼꼼히 복습해 본다.

대체 '얌전히'란 구체적으로 어떤 행동을 말할까.

내가 처음에 의식한 건 나 자신을 주장하지 않는 것이었다. 다시 말해 쓸데없는 말을 하지 않는 것. 바로 며칠 전, 의미 없는 자기주장을 펼치다 지뢰를 밟지 않았던가. 그렇다면 같은 전철을 밟지 않는 게 무엇보다 중요하다. 그래서 처음엔 '지루하다'고 생각하면서도 오로지 입 다물고 있었다.

하지만 돌처럼 입 다물고 있으면 그냥 분위기 음침한 손님일 뿐이다. 얌전해 보이기는커녕 나쁜 의미로 눈에 띄지 않을까? 내 주변만 분위기가 무거워진다. 아무래도 그건 또 그 나름대로 민폐 손님인 것 같다. 안 돼, 대체 어떻게 해야 하지?

지루한 건 절대 아니다. 얌전해지는 길은 멀고도 험했다.

'얌전하게'란 어떤 걸까

'얌전하게'란 돌처럼 입 다물고 있는 게 아니었나 보다. 예상치 못한 상황에 당황한 나는 머리를 초고속으로 돌렸다. 대체 어떻게 해야 할까……. 그렇다, 생각해 보면 돌은 딱딱하고, 울퉁불퉁하고, 걸려 넘어지게 만든다. 그러니 난 나쁜 뜻에서 눈에 띄어버린 것이다. 그런 불필요한 기운을 잠재우기 위해서는 좀 더 부드럽게, 바람처럼…… 그래, 돌이 아니라 '공기'가 되어야 한다.

그렇다고 해서 유령도 아니고, 아무리 애써도 공기는 될 수 없는 법. 그래서 내가 생각해 낸 것은 적어도 바람이 잘 통하게 하자는 것이었다. 공기를 흐르지 못하게 막는 것이 아니라 잘 흐르게 하자는 것.

그래서 각오를 다지고 선술집 구석에서 후하후하 심호흡을 하는 나. 남몰래 공기를 흐르게 하려고 노력한 것이다. 심호흡이라는 말 그대로다. 너무나 생산성이 떨어져 바로 그만두고 싶어진다. 하지만 혼자라서 달리 할 일도 없고 힘내, 버티는 거야, 하고 스스로를 응원하며 후하후하를 되풀이한다.

사실 이 순간, 주위 사람들은 아무도 눈치채지 못했을 것이다. 그저 과묵한 손님이로구나, 그 정도로 생각했을 뿐.

그러나 내 안에서는 분명 변화가 나타나기 시작했다.

우선 겨우겨우 심호흡을 할 수 있게 되면서 조금씩 주변이 보이기 시작했다. 처음엔 너무 긴장한 탓에 메뉴와 사장님 표정만 보였지만, 옆자리 아저씨가 먹는 먹음직스러운 오이지도, 작은 주방에서 사장님이 바지런히 움직이며 주문을 척척 처리해 나가는 모습도, 오뎅 냄비 안에서 국물이 가장 잘 밴 게 무엇인지까지, 모든 것이 보이기 시작했다.

그리고 주변 대화와 모락모락 피어오르는 김의 향기. 오뎅 국물이 잘 밴 무의 맛도 충분히 느낄 수 있게 되었다. 아무래도 내 오감이 조금씩 되살아난 것 같았다. 그건 한 마디로 차분해졌다는 뜻이다. 심호흡으로 마음이 편안해진 덕분이리라.

그리고 중요한 건 그다음이다.

점차 이상한 일이 벌어지고 있었다.

오감뿐만 아니라 '육감'까지 작동하기 시작했다. 갑자기 내가 무엇을 해야 할지 보였다. 여기서 한 마디 해야 할지, 혹은 활짝 웃어야 할지, 아니면 아무것도 하지 말아야 할지, 다시 말해 내가 어떻게 행동하면 다들 기뻐해 줄지 나도 모르는 새에 또렷하게 보이게 된 것이다.

그렇다면 그다음엔 육감이 명하는 대로 하기만 하면 된다.

와, 이런 일이 벌어질 줄은. 마치 마법 같다. 정말이지, 무슨 일이 벌어질지 알 수 없는 게 인생인가 보다.

나를
지웠더니
주변이 보인다

일단 이런 흐름이 만들어지고 나면 그다음은 땅 짚고 헤엄치기다.

내가 어떻게 행동하면 거기 있는 모든 사람이 기뻐할지, 눈앞에 길이 보인다.

그러니 그 길을 그냥 걸어가면 된다. 모두가 기뻐한다→배짱이 생긴다→주변이 더 잘 보인다→주변에 섬세하게 신경 쓴다→주위 사람들이 기뻐할 만한 행동을 한다→주위 사람들이 더 기뻐한다…… 이걸 선순환이 아니고 뭐라 부르겠는가. 당연히 마음이 편안해질 수밖에. 그런데 내가 한 일이라고는 그저 열심히 심호흡을 한 것뿐.

대체 무슨 일이 벌어진 걸까? 사실 나도 잘 모르겠다.

다만 한 가지 확실한 것은 내가 지금까지 살면서 이런 식으로, 진지하게, 열심히 주위를 '바라본' 적이 없다는 것이다.

왜냐, 난 정말 바빴으니까. 아니, 바쁘지 않을 수 없었으니까.

무엇보다 '아무것도 하지 않는 것'을 참지 못했다. 방 안에 혼자 있을 때면 몰라도 술집처럼 떠들썩한 곳에서 혼자 아무것도 하지 않는 게 견디기 힘들었다. 쓸데없이 스마트폰을 만지작거린다든지, 여하튼 무언가 하게 된다. 뭐라도 할 일이 있다고 믿고 싶었고 또 주변 사람들이 그렇게 봐주었으면 했다. 현대인에게 '아무것도 하지 않는 것'이란 패배를 뜻하기 때문이다. 그렇게 바쁜 척하다 보니 타인을 바라볼 여유가 있을 리 없다.

그뿐만이 아니다. 난 실제로 바빴다. 주목받는 인물이고 싶었다. 우습게 보이지 않으려고 허세를 부려야 했다. 화려하게 지식을 펼쳐 보이려 애썼다. 공기가 된다고? 있는지 없는지 아무도 모르는 존재가 된다고? 말도 안 돼.

그러나 처음 가본 선술집에서 나는 바로 그걸 목표로 삼았다. 나 스스로 공기가 되고자 심호흡을 하고 내 존재를 지운 것이다.

그랬더니 그때 생각지도 못한 넓은 세계가 펼쳐졌다.

이런, 생각해 보면 당연한지도 모른다. 나를 지웠더니 주변이 보인다. 나는 지금까지 내 생각만 하느라 주위를 제대로 보지 않았다. 잘 보았으면 좋았을 것을. 다만 그뿐인데. 세세히 바라보니 상대방이 무얼 해주었으면 하는지를 바로 알 수 있었다. 그걸 알고 난 후 자신이 어떻게 할지, 그건 본인의 자유다. 물론 마음에도 없이 아부를 떨 필요는 없다. 하지만 여기는 술집. 주위 사람은 적이 아니다. 함께 편안한 시간을 보내고 싶어 하는 술친구다. 술친구 속에 끼워주길 바란다면 상대방을 기쁘게 하는 것이 가장 빠른 지름길이자 예의가 아닐까.

이건 정말이지 커다란 발견이었다. 나 같은 사람도 마음을 가라앉히고 주위를 잘 살펴본다면 언제든 어디서든 타인을 기쁘게 할 수 있다. 행복하게 만들 수 있다. 그럴 수만 있다면 그곳에 내가 설 자리가 생긴다.

어쩌면 그걸 행복이라고 하는 게 아닐까.

인생의 길이 활짝 열렸다!

요약하자면 이거다. 후하, 심호흡을 하면 설 자리가 생긴다는 것. 설 자리! 그렇다, 현대의 고독한 이들이 바라 마지않는 바로 그 설 자리!

그런 보물을 겨우 이런 걸로 얻을 수 있다니, 귀신에게 홀린 기분이다.

이것으로 난 이제 세상 그 무엇도 두려워할 이유가 없다. 지쳐 돌아온 밤에 함께 밥을 먹어줄 사람을 찾지 못하더라도, 혹은 낯선 거리에 덩그러니 놓이더라도, 밤이면 근처 느낌 좋은 술집 노렌을 걷고 들어가 그저 후하 심호흡을 하면 순식간에 가족과 함께하는 것처럼 따스한 식사를 즐길 수 있다.

그렇다. 하루를 마감하는 시간에 따스한 식탁에 둘러앉을 수만 있다면 더 이상 무엇이 필요하랴. 그것만으로도 인생에 필요한 거의 모든 것을 손에 넣었다고 해도 과언이 아니다. 그렇다면 이처럼 너무나 많은 것들로 넘쳐나는 세상에서 불안을 조금이라도 줄이려고 필사적으로 물건과 돈을 쌓아두거나, 막대한 빚을 져서 집을 사거나, 이 보험 저 보험에 들어놓거나 할 필요가 없을 것이다.

결국 누구든 숨을 쉬는 한, 살아가는 데 정말 필요한 것은 모두 그 사람 안에 있다는 것.

이건 마치 '닌자술'이 아닌가.

닌자술 '후하'법!

이렇게 나는 이 닌자술의 효과를 실증해 보이고자 밤마다 술집 노렌을 걷으며 가게 안으로 걸어 들어간다.

물론 혼자서.

그러자 놀랍게도 이 닌자술이 완벽하게 효과를 발휘했다. 들어간 지 1분이면 튀는 것 같은 느낌이 사라지고, 가게 사람은 물론 옆에 앉은 사람과도 자연스럽게 대화할 수 있게 되었다. 게다가 집에 가려고 하면 처음 보는 분에게 "벌써 가게? 한잔 살 테니까 좀 더 마시고 가요"라는 말을 듣고 술까지 얻어먹는 일이 비일비재해졌다.

우아, 어떤가요, 이런 장족의 발전이라니!

처음 혼술에 도전했던 술집 사장님의 말씀이 맞았다. 혼술을 하니 40대 중반에 내 인생의 길이 활짝 열린 것이다.

스승에게 하산하라는 말을 듣다

그렇게 '눈을 뜬' 뒤로 두 달쯤 지났을 무렵. 처음 혼술 도전의 계기를 마련해 준 그 술집을 다시 찾았다.

물론 혼자서다.

그 집 사장님, 내가 들어가 인사하고 자리에 앉자마자 "와, 벌써 혼술의 품격이 느껴지는데요!"라고 말씀하시지 않는가. 사모님도 옆에서 고개를 끄덕이며 맞장구를 치신다. "어쩜 전과는 완전히 다르세요."

그, 그런가요? 역시나? 아니다, 뒤집어 말하면 처음에 혼자 여길 찾았을 땐 꽤나 어색했을 테고 그런 내가 무안하지 않도록 두 사람이 남몰래 지원사격을 해주었다는 뜻일 것이다.

그것도 모르고 '데뷔전을 잘 치렀다'며 자화자찬했으니 정말 부끄럽기 짝이 없다.

물밑에서 마음을 써준 두 분께 새삼 마음속 깊이 머리를 숙였다. 우리는 생각보다 훨씬, 몇 배나 많은, 그러나 눈에 보이지 않는 도움을 받으며 살아간다. 이건 이 두 분에게만 한정된 말은 아닐 것이다. 그때까지 다녔던 수많은 술집 사장님들의 얼굴이 떠올랐다.

이렇게 많은 분들 덕에 나는 드디어 혼술의 비기를 체득하고 인생의 문을 활짝 열 수 있었다. 그 비법을 독차지하고 세상에 알리지 않는다면 아마 천벌을 받으리라. 그러니 만반의 준비를 하고 피와 땀과 눈물로 얻어낸 교훈들을 발표하고자 한다.

3장

발표! 혼술의 비기 12조

자, 여기까지 읽어주신 분들 중에는 '좋았어, 나도 혼술 수행을 시작해야지' 하고 마음먹은 분들이 분명 많으실 터(라 믿고 싶다). 그런 분들을 위해 드디어 '혼술의 비기'를 발표하겠다.

……다만 그전에 주의 사항부터.

여기서 말하는 '혼술'이란 그저 가게에 혼자 들어가 먹고 마시고 계산하고 나오는 걸 뜻하는 게 아니다.

그뿐이라면, 패스트푸드점이니 패밀리 레스토랑이니 편의점 간이테이블이니 넘칠 만큼 많은 요즘 세상, 시대의 요청에 부응해 아주 잘 만들어진 그런 공간에 누구나 거리낌 없이 혼자 들어갈 수 있을 것이다.

그런데 우리가 원하는 데는 그런 곳이 아니다.

아니, 장소가 중요하겠는가. 공원 벤치인들 상관없다. 하지만 그곳이 어디든 밥을 먹을 땐 '누군가가 따뜻하게 맞이해 준다'고 느끼고 싶은 법이다. 그냥 배를 채우는 게 아니라 마음을 채우는 식사. 모두 그런 시간을 보내고 싶을 테고, 그게 바로 우리의 최종 목표이기도 하다.

그런 건 바라지 않는다고? 배만 채우면 된다고? 그냥 좀 내버려두라고?

물론 무엇을 바라든 자유다.

하지만 사람은 결코 혼자서는 살 수 없다. '고독을 사랑하는' 사람이라고 한들 진짜 완벽한 혼자임을 아무렇지 않게 견뎌낼 수 있는 사람은 많지 않다. 상상해 보시길. 매일매일 아무와도 마음을 나누지 않고, 한 마디도 하지 않고, 공감하지도 웃음을 나누지도 않고 그저 하루하루를 살아간다면? 그건 생지옥이나 다름없다.

그러나 그런 지옥 같은 일이 누구에게나 일어날 수 있다.

인생에는 무슨 일이 일어날지 모르는 법. 어떤 일을 계기로 회사나 가족과의 인연이 끊어지고 문득 돌아보니 완벽히 혼자더라는 이야기는 결코 드문 일이 아니다. 이번 코로나19 사태로 적지 않은 사람들이 그런 경험을 하지 않았을까? 재택근무로 전환되자 아무하고도 한 마디도 않은 채 하루가 다 지나갔더라는 이야기는 사실 내 주변에만 있는 일은 아닐 것이다. 우리의 고독은 생각보다 훨씬 가까이에 있다.

만약 그런 일이 벌어졌을 때, 다시 말해 완벽히 혼자가 되었을 때, 지옥에 떨어지지 않기 위해 누구나 실행할 수 있는 확실한 해결책이 '혼술 하기'라고 나는 생각한다.

사교적이 아니더라도, 말재주가 없더라도 상관없다. 오히려 고독을 즐기는 유형의 사람이야말로, 다른 사람과 잘 사귀지 못하는 사람이야말로 혼술에 제격이다. 다른 이의 스케줄에 맞춰 식사 약속을 잡거나 시간 조율을 하면서 기다릴 필요도 없다. 그저 마음 내킬 때 가게에 혼자 불쑥 들어가 우연히 만난 사람들 속에 섞여 주위에 자연스럽게 받아들여지고 또 다른 사람들을 받아들이면서 무명의 한 인간으로 편안히 그 시간을 즐긴다, 그뿐.

그것만으로도 배를, 마음을 넉넉하게 채울 수 있다. 난 혼자지만 혼자가 아니라고, 피부로 느낄 수 있는 것이다. 인스타그램 팔로워가 0이든, 페이스북 게시물에 아무도 '좋아요'를 눌러주지 않든 그게 무슨 상관인가? 옆에 앉아있는 모르는 술꾼과 슬쩍 미소를 나누고 잠시 동안의 따스한 식사를 공유할 수만 있다면, 생각보다 한동안 씩씩하게 잘 지낼 수 있다. 그걸 알게 된다면 인생은 꽤 살기 편해진다.

그게 바로 지금의 나다.

혼술을 할 수 있게 되면서 고독하지도 않고 고립되지도 않은 채 살아갈 수 있음을 깨닫자, 내 인생의 두려움이 대부분 사라졌다. 그뿐만이 아니다. 오히려 혼자이기에 주위 사람들과 더 잘 이어질 수 있다는 것도 지금의 나는 알고 있다. 술집 안을 둘러보면 쉽게 이해하게 된다. 단체로 온 사람들은 떠들썩하고 즐겁게 마시더라도 주위 사람들을 눈여겨보지 않는다. 그들은 그들의 닫힌 세계 안에서만 살고 있다. 하지만 혼술 하는 사람은 다르다. 비록 아무 말 하지 않더라도, 누군가에게 말을 걸거나 누군가가 불쑥 말을 걸어와도, 마음은 늘 열려있다. 혼자라는 것은 전방위로 열려있다는 뜻이다. 그것만 깨달으면 고독도 대환영이다. 남편도 자식도 직장도 없이 혼자 사부작사부작 살아가는 내 노후 역시, 어떻게든 될 것이라 믿는다.

그러나,

물론 혼술이 누구에게나 열려있다 하더라도 어른이 되면 저절로 잘하게 되는 일인가 하면 또 그건 아니다.

아무도 그 방법을 가르쳐 주지 않으니까. 학교와 회사에서는 함께 밥 먹을 친구 만드는 법, 다양한 상황의 회식 자리에서 즐겁게, 문제없이 행동하는 법을 그럭저럭 배울 수 있지만, 혼자 즐겁게 밥 먹는 법, 혼자서도 이 팍팍한 세상에서 순식간에 설 자리를 만드는 법은 아무도 가르쳐 주지 않는다. 대체 왜일까. 어쩌면 '혼자' 어떻게 살 것인가 하는 살아있는 지식은 이 고립과 분단의 시대에 갑자기 떠오른 새롭고도 절실한 과제이기 때문일지도 모른다.

이리하여 이 불초 소생, 그 노하우를 여기에 써보았나이다.

여기에는 내가 앞뒤 분간도 못 하던 철부지 시절, 다시 말해 혼술을 하고 싶어도 대체 어떤 술집을 골라야 할지, 어떤 표정으로 들어가야 할지, 어떤 자리에 앉아야 할지…… 1도 알 수 없었던 지점에서 출발하여, 온갖 함정에 빠져 허우적거리다 겨우겨우 기어 나온 기록, 피와 땀과 눈물로 쟁취한 '비기'가 응축되어 있다.

그러니 이것만 읽어도 당신은 더 이상 고독이 두렵지 않을 것이다. 혼자서도 '단란한 곳'을 만들어 내는 기적에 한 발 다가갈 수 있을 테니.

그러니 속는 셈 치고 꼭 혼술에 도전해 보시길. 괜찮다, 실패했다고 죽지는 않으니까. 아니, 반드시 실패할 것이다. 그래도 술집이란 자고로 품이 넉넉한 곳이니 걱정 마시길. 걱정하기 전에 먼저 행동하라, 위험이 두려워 아무것도 하지 않는 것이 가장 큰 위험이다……라고 자기개발서에 나올 직한 말을 해두겠다.

아무튼 선전문구 같은 글은 이쯤 해서 접어두고 시작은 먼저 술집 고르기부터다.

비기 1 '혼술 손님이 많은 곳'을 골라라

이는 생각보다 훨씬 중요한 일이므로 맨 처음 언급해 두겠다.

난 이걸 몰랐기 때문에 쓸데없는 실패를 되풀이했다. 물론 인생에 교훈 없는 실패란 없다지만, 초심자가 상급 코스에 갑자기 뛰어들어 가 얻을 수 있는 건 너무나 미미하다. 너무 미미해서 두 번 다시 가고 싶은 마음이 사라져 버릴 공산이 크다. 그러므로 이 책을 읽고 '좋았어, 나도 어디 혼술 한번 해볼까' 싶어 촐랑대는…… 아니, 기특한 분들이 나처럼 불필요하게 쓰라린 경험을 하지 않았으면 하는 부모와 같은 심정으로 말씀드리는 것이다.

일단 내 실패담부터.

혼술에 자신이 붙었다며 우쭐해서는 온갖 술집을 다 다녔다. 잡지에서 보고 가고 싶어진 집, 앞을 지나다니면서 신경 쓰였던 집, 전에 동료와 같이 가서 무척 만족했던 집…… 아아, 혼자서 어디든 들어갈 수 있다는 게 얼마나 멋진 일인지! 오늘 한잔 하고 들어갈까 싶은 날이 누구에게나 있는 법이다. 지금까지는 "오늘은 시간이 좀" 하고 거절당할까 봐 마음 졸이며 술친구를 찾았다면, 이제는 더 이상 그럴 필요가 없다.

그러나, 세상은 그리 녹록지만은 않았다.

동료와 함께 갔을 땐 그렇게나 좋았던 술집도, 잡지에서 침이 마르게 칭찬한 분위기 최고의 술집도, '한 사람'이라고 하면 노골적으로 곤혹스러운 표정을 짓는 경우가 많았다. 사람들 눈에 띄지 않게 구석진 자리로 안내를 받는 데다가, 아무리 기다려도 주문을 받으러 오지 않는다. 다른 손님들에게도 나는 없는 사람이나 마찬가지다. 아무리 후하후하 심호흡을 한들 아무런 변화가 없다. 물에 뜬 기름, 완전 그 자체다! 그러니 이런 상황에서 제아무리 좋은 술과 음식을 먹고 마신다 한들 무슨 맛을 느끼겠는가.

처음엔 화가 났다. '점원 교육이 안 됐어.' '혼술 하는 사람을 차별하지 마!' 그러나 그건 내 교만이었다. 그것은 차별이 아니다. 실패를 거듭하는 동안 점차 그 이유를 분명하게 알게 되었다.

이런 술집은 원래 혼술 하러 오는 손님을 염두에 두지 않는다.

객석 배치와 점원 숫자, 서비스 교육 등등이 모두 두 사람 이상의 손님을 기반으로 설계된다. 그런데 돌연 혼술 하러 들어온 손님을 나가라고 할 수도 없고, 그렇다고 해서 어떻게 하면 좋을지 알 수도 없다. 그러니 그건 당연한 결과다. 다시 말해 잘못된 장소에 억지로 끼어들어 간 내 잘못이다. 적재적소라는 말은 회사원의 인사이동에만 적용되는 표현이 아니다.

그렇다면 어떤 술집이 좋을까.

물론 혼술 손님을 고려한 집을 고르는 것이다.

제일 알기 쉬운 게, 바테이블이 있는 집. 바테이블이야말로 혼술 손님에게는 환영의 상징이나 다름없다. 더 욕심을 부리자면 바테이블에 먼저 온 손님이 있으면 더욱 좋다. 어떤 술집은 바테이블이 죽어있는(사용하지 않고 짐만 올려놓는) 경우도 있으니까. 그런 집에서 갑자기 바테이블에 앉으려고 하면 가게 사람이 당황할 게 뻔하다. 그건 그 나름 재미는 있어도 초심자에게 권장할 만하진 않다. 바테이블이 열심히 돌아가는 집. 그곳에서 후하 심호흡 하기를 권한다.

이렇게 무사히 혼술에 맞는 집을 골랐다면, 이제 들어갈 차례다.

그야 긴장은 되겠지. 그렇지만 괜찮다!

처음 간 곳에서는 누구나 긴장하는 법. 그래도 괜찮다. 이런 마음가짐으로, 처음 누군가의 집을 방문했을 때처럼 문을 열어 가게 사람과 눈을 마주치고 조심스레 빙긋 웃으면 된다. 세상 물정에 밝은 것처럼 굴 필요는 없다. 왜냐하면 가게 사람도 처음 본 손님에게 긴장한 상태일 것이기 때문이다. 첫 대면한 사람들끼리 머뭇거리면서 거리를 좁혀가면 되는 것이다.

그렇다, 마치 맞선 같은 것이다.

자, 그럼 자리에 앉는다. 아…… 여기요, 여기! 그쪽이 아니라, 이쪽이라고요!

비기 2 **1인용 자리에 앉아라**

그렇다. 아무리 가게에 사람이 적고 테이블은 넓고 자리는 텅텅 비어있더라도 절대로 그런 곳을 차지하고 앉아서는 안 된다. 당신이 앉을 곳은 1인석. 다시 말해 바테이블이다.

그야 모르는 바는 아니다. 처음 간 가게에서 바테이블에 앉으려면 꽤 용기가 필요하니까. 뭐야 이 사람, 처음 온 주제에 넉살도 좋아, 이렇게 생각하진 않을까 걱정도 앞선다. 그러다 보니 인구밀도가 낮은, 가게 사람과도 멀리 떨어진 조용한 곳에 자리를 잡고 싶어진다.

그래도 꾹 참자! 이 단계가 바로 우리의 인내심을 시험하는 첫 관문이다.

우선 마음을 가라앉힌 뒤 가게 사람과 눈을 마주치고 생긋 웃으며 "바테이블에 앉아도 될까요?" 하고 얌전히 자리에 앉는다. 만약 옆에 먼저 온 손님이 있을 경우 가볍게 인사하거나 혹은 "옆자리에 좀 앉을게요" 하고 느낌 좋게 인사를 한다면 퍼펙트다.

그렇게 하면서까지 꼭 바테이블에 앉아야 하냐고? 그렇고말고.

이유는 두 가지다.

첫째는 말할 것도 없이 바테이블이 혼자 온 손님에게 최적의 자리이기 때문이다. 바테이블에 앉으면 그것만으로도 주위 사람들과 원활한 의사소통을 할 확률이 비약적으로 높아진다.

의사소통? 갑자기 그런 걸 어떻게 하나 싶은 당신. 괜찮다.

딱히 대화를 하지 않아도 좋다. 바테이블 너머에서 사장님이 요리하는 모습을 바라보거나 옆에 앉은 단골과 사장님의 대화에 귀를 기울이거나 벽 위쪽에 놓인 텔레비전을 함께 봐도 상관없다. 중요한 건 눈앞에 있는 사람과 옆에 앉은 사람, 가게 분위기에 관심을 기울이는 것이다. 고고한 척 굴지 말고 마음의 벽을 낮추는 것이다. 바테이블에 앉으면 자연히, 아니 싫어도 그렇게 된다. 왜냐하면, 할 일이 없으니까. 그것으로 충분하다. 이것이 고독한 당신이 설 자리를 만드는 첫걸음이다.

물론 마음이 불편하다는 건 안다. 하지만 인생을 바꾸는 일이니 최선을 다할 수밖에!

그리고 두 번째 이유.

처음 가본 가게에서 '야호, 자리 비었다!'며 득의양양 혼자서 4인용 테이블을 차지하고 앉는다면 가게 입장에서는 결코 달갑지 않을 것이다.

그러다 단체 손님이라도 들어와 자리가 모자랄 때를 상상해 보길. 가게 입장에서는 자리가 없어 미안하다며 모처럼 온 손님을 내쫓기 싫을 테고, 그렇다고 해서 처음 찾아온 손님(당신 말이죠!)에게 자리를 옮겨달라고 부탁하는 것도 상당한 스트레스다. 다시 말해 당신이 4인용 테이블에 앉는 순간 사장님 머릿속에는 이런 생각들이 빠르게 지나가면서 마음속으로 '칫' 하고 혀를 찰지도 모른다.

……이런 가능성을 미리 상상해 보는 게 중요하다.

그렇다, 혼술에서 무엇보다 중요한 것은 자존심이라든가 어쩐지 부끄럽다는 감정보다 주위를 배려하는 마음이다. 여러 번 말하지만 처음 방문하는 가게에 들어가는 건 일종의 '맞선'이다. 당신이라면 상대방을 조금도 배려하지 않는 사람을 좋아할 수 있을까?

무슨 말 같지 않은 소리야. 맞선이 아니잖아, 손님이잖아.

이렇게 생각할지도 모르겠다. 돈을 지불했으니 뭘 어떻게 하든 자기 마음 아니냐고. 좋은 질문이다. 충분히 그렇게 생각할 수 있고, 또 쟁점이 될 만한 생각의 분기점이기도 하다. 분명 돈을 지불하면 그에 상응하는 서비스를 받을 수 있으니, 그걸로 만족한다면 별수 없다. 하지만 그런 얄팍한 마음가짐으로는 더 먼 곳에 있는 무릉도원에는 영원히 도달하지 못할 것이다. 한때 얄팍함 그 자체였던 나는 그걸 잘 알고 있다. 돈을 지불했다 하더라도 어떤 행동을 취할지에 따라 당신은 그 가게에서 소중한 사람이 되기도 하고 형식적인 서비스만 받는 사람이 되기도 한다. 돈의 힘에 기대는 자는 돈을 아무리 많이 써도 진정한 의미의 설 자리를 만들 수 없다.

자, 그럼 이제 자리에 앉았다.

드디어 전투 개시다!

비기 3 우선 조용히 가게 분위기를 관찰하라

아무튼 일단 차분해지자. 으음…… 어떤 이미지인가 하면 '1일 미야모토 무사시(17세기 인물로 대결에서 한 번도 패한 적이 없다는 전설적인 검객—옮긴이)'라고나 할까? 무엇보다 이건 생애 단 한 번뿐인 승부다. 베느냐 베이느냐 하는. 최강 검객의 조건은 무엇인가? 그건 바로 '평정심'을 유지하는 것이다. 그러나 우리는 아쉽게도 검객이 아니다. 좋게 봐줘야 삼류 시골 무사다. 따라서 노력하지 않으면 평정심을 유지할 수 없다는 사실을 겸허히 받아들이자.

당신은 지금 분명 초조해하고 있다. 그리고 자고로 초조함이란 모든 실패의 원흉이다. 그러니 우선 최대한 집중해서 '틈'을 만들어 둘 것. 잠시 아무것도 하지 말고 침착해지려 노력한다. 다시 말해 최강 검객 흉내를 내면서 천천히 주변을 둘러본다. 최강 검객은 못 되더라도 그 정도야 어떻게든 흉내 낼 수 있을 것이다.

비기 4 할 게 없더라도 스마트폰은 만지작거리지 마라

그렇다. '틈'을 만드는 것, 이게 중요하다. 하지만 마음을 약간 가라앉혔다 싶어도 당장 그 '틈'을 주체하지 못하는 게 평범한 우리의 슬픈 현실이다. 정말로 우린 다들 뭔가에 중독되어 있다. 눈앞의 틈 하나 제대로 제어를 못 한다. 늘 바쁘다는 말을 입에 달고 살면서도 진짜로 '해야 할 일'이 눈앞에서 사라지고 나면 어쩔 줄을 모른다.

그럴 때 사람들은 백이면 백, 스마트폰을 꺼낸다.

스마트폰은 마치 마법 같다. 유부 크기의 손바닥만 한 자그마한 상자인데도 온 세계와 연결되다니.

이것만 있으면 시간이 남아돌아 어쩔 줄 몰라 할 일은 전혀 없다.

실제로 이런 사람을 꽤 많이 볼 수 있다.

요전에도 술집에서 내 옆자리에 앉은 젊은 남자 손님이 앉자마자 스마트폰을 꺼내더니 눈앞에 딱 올려놓고 동영상 사이트를 켜서는 재빨리 양쪽 귀에 이어폰을 꽂았다.

그야 뭐…… 딱히 잘못된 행동은 아니다.

그리고 그 기분을 모르는 바도 아니다. 아마 그는 동영상을 꼭 보고 싶었다기보다 본인에게 편안한 자리를 만들려고 애쓴 것이다. 혼자 덩그러니 바테이블에 앉아있자니 마음이 불편했을 테고 그래서 내겐 할 일이 있어, 괜찮아, 혼자서도 충분히 즐기고 있으니까 전혀 문제없어, 노 프라블럼! 그렇게 스스로에게, 그리고 다른 사람에게 마치 프레젠테이션이라도 하는 듯한 태세를 갖추었을 것이다.

하지만 온 세상과 이어지는 스마트폰조차 절대로 연결하지 못하는 것이 있다. 그건 바로 눈앞의 사람이다. 스마트폰 화면에서 약간만 시선을 돌리면 보이는, 리얼한 모든 것 말이다.

이것이 바로 스마트폰의 함정이다. 스마트폰을 꺼낸 순간, 당신은 손가락 하나로 세계와 연결될 수 있다. 하지만 한편으로는 눈앞의 것과는 뚝 끊겨버린다. 사람은 동시에 두 가지를 하지 못하는 법이다. 엄청 편리한 것에는 그만큼 엄청 깊은 함정이 있다.

실제로 내가 그 옆자리 남자 손님을 보고 무슨 생각을 했는가 하면, 이 사람을 절대 가까이해선 안 되겠다는 것이었다. "지금 난 할 일이 있습니다"라고 막 어필하는 사람에게 누가 가까이 다가가고 싶겠는가. 나뿐만 아니라 거기 있는 그 누구도 그에게 조금의 친밀함도 나타내지 않았다. 그는 혼자 이세계에 있었다. 그는 자기 주변을 '마음의 아크릴판'으로 도배한 것이다.

물론 그런 사람이 있다고 해서 나쁠 건 없다. 누구나 혼자 있고 싶을 때가 있으니까.

하지만 만약 당신이 몸도 마음도 따뜻해지고 싶어, 다시 말해 아주 편안한 마음으로 술과 안주를 즐기고 싶어 용기를 내어 찾아간 것이라면, 그런 행동은 금물이다.

그는 고독했다. 그의 주변에는 차갑게 얼어붙은 공기가 흐르고 있었다. 다시 말해 그는 마음 편한 공간을 만드는 데 완벽히 실패했다. 자기 주위에 높은 벽을 쌓은 채 마음 편한 공간을 만들 수는 없다. 누군가에게 소중한 사람으로 대우받고 싶고 받아들여지고 싶다면, 그 누군가를 대우하고 받아들여야 한다. 그렇다면 지금 당신에게 중요한 것은 '세상'과 이어지는 것이 아니라 '눈앞의 누군가'와 이어지는 것이다. 그건 분명한 사실이다.

그러므로 마음을 단단히 먹고 일단 스마트폰을 봉인하자. 금세 불안해지겠지만, 괜찮다. 지금이야말로 비장의 무기가 나와줄 차례다. 바로 그것, 심호흡이다. 모든 걸 열어줄 마법의 심호흡. 숨을 천천히 마시고~ 천천히 내뱉고~ ……비록 30초만이라도 이걸 실행한다면 당신은 점점 잠에 빠져들 것이다……가 아니고 기분 좋게 편안해지면서 조금씩 주변이 보일 것이다.

지금 잘 때가 아닙니다. 얼른 다음 단계로 넘어가야죠!

비기 5 첫 술은 빨리 주문하라

자 그럼, 마음을 가라앉힌 다음에 해야 할 일은 무조건 술. 술을 주문하는 것이다. 점원이나 혹은 바테이블 너머에 있는 가게 사장님이 "술은 뭘로 하시겠습니까?" 하고 물어올 테니 그때 바로 주문을 하자.

물론 여기서 "으음, 뭘로 하지?" 이런 고민을 해도 좋다. 사람에 따라 저마다의 속도라는 게 있으니까. 마음 편히 고르면 된다. 다만 절대로 해서는 안 되는 게, 갑자기 술 종류에 대해 떠들어 대거나 지식을 펼쳐 보이는 그런 짓.

……그건 앞 장에 쓴 내 실패담을 떠올려 보면 잘 알 수 있을 것이다.

혹시나 하는 마음에 복습을 하자면, 나는 처음 찾아간 사케 술집에서 얕잡아 보이면 안 된다는 생각에, 어떻게든 인정받는 손님이 되어보겠다는 일념하에 첫 술 주문부터 사케에 대한 나의 지식을 한껏 뽐냈다. 그 결과, 인정받기는커녕 '좀 성가신 손님'으로 분류되어 상대해 주는 사람 없이 덩그러니 혼자, 가시방석에 앉아 한 시간가량을 견뎌내야 했다.

이런 실패는 저지르지 말자. 몇 번이나 말하지만, 처음 찾아간 술집에 혼자 들어가는 것은 '맞선'이나 다름없다. 무엇보다 첫인상이 중요하다. 거기서 점수를 잃으면 만회하기가 꽤 힘들다.

그 첫인상을 결정하게 될 첫 술 주문으로 돌아가 얘기해 보자.

맞선에 비유하면 그건 마치 가볍게 자기소개를 하는 것과 같다. 그런 다음 서서히 거리를 좁혀가는 것이 예의일 것이다. 갑자기 자기 인생관 따위를 열심히 떠들어 댔다가는 분명 상대방이 질려버린다. 처음엔 무조건 무난한 화제로 시간을 벌 필요가 있다.

술집에서는 이 시간을 버는 수단이 바로 '첫 술 주문'이다.

술집 입장에서도 요리에 비해 술은 바로 내올 수 있기 때문에 가게가 꽉 찼더라도 손님을 방치할 일이 없다. 손님 입장에서도 일단 술을 먼저 주문해 두면 요리는 뭘 먹을지 천천히 고를 수 있다. 손님과 술집 양쪽 모두에게 편리한, 잘 고안된 시스템이다.

……여기까지 상상력을 발휘할 수 있다면, 그 타이밍에 갑자기 덜떨어진 '사케 담론'을 펼쳐 쓸데없이 시간과 마음을 쓰게 했다가는 상대방이 곤란해하리라는 걸 알 수 있다. 우선 술집에서 예상하는 '흐름'을 잘 타는 것이다. 사케에 대해 깊은 얘기를 나누고 싶다면 더 나중에 해야 한다. 서로 거리를 좁힌 다음에.

그러니 처음에 너무 딱딱하게 굴지 말고 편안히, 자연스럽게! 물론 "우선 맥주로 주세요!" 해도 좋다. 나는 사케파이므로 아는 사케가 있을 땐 그걸 주문하지만 그렇지 않다면 "뜨거운 술 한 홉이요" 하고 주문한다.

사케를 잘 갖춘 집이라면 추천 술을 주문하는 것도 좋다. 다만 그 술이 비록 자기 취향이 아니더라도 그것만으로 그 술집을 평가하지는 말 것. 그 가게 사람은 평소 당신의 식생활과 취향이 어떤지 전혀 모르기 때문이다. 그런데 '추천 술'을 달라고 하면 사실 좀 고민이 되니 어디까지나 일반적인 '인기 술', '마시기 쉬운 술'을 내어준다……는 것을 친해진 술집 사장님들에게서 들었다. 그러니 그 술이 당신의 취향에 맞지 않았다고 해서 가게 탓을 해서는 안 된다.

그러므로 어떤 술이 나오더라도 진지하게, 긍정적으로 맛볼 것. 가게 사람이 당신을 위해 써준 그 마음을 낭비해서는 안 된다. 충분히 음미한 그 한 잔이 다음 술을 고르는 기준이 되니까. "다음 술은 좀 더 달착지근한 걸 마시고 싶어요"라고 말한다면 가게 사람은 무척 기쁘게, 열심히 술을 골라줄 것이다.

……왜 손님이 그렇게까지 마음을 써야 하냐고?

이게 정말 중요한 점이다. 경쟁 사회에서는 '이기는' 것만 생각하기 마련이지만 지금 당신의 목적은 상대방(술집)을 이겨먹는 게 아니다. 상대방과 호흡을 맞춰 춤을 추는 것이다. 그것이 바로 당신의 승리이자 술집의 승리니까. 그러기 위해 최선을 다하는 게 결국 당신을 위한 길이다.

자 그럼, 여기서부터 술집과의 진짜 댄스가 시작된다! 드디어 요리를 주문할 때.

누구나 다 하는 주문.

하지만 혹여나 이걸 우습게 봐서는 안 된다.

비기 6 술안주는 천천히 온 힘을 다해 주문하라

몇 번을 말하지만 술집에서 의사소통의 기본은 '자기를 크게 보이는 것'이 아니다. 먼저 그 집에 경의를 표한다. 그렇다고 해서 갑자기 "와, 분위기 죽이는데요" 혹은 "바테이블 목재가 운치 있고 특별한 분위기가 느껴지네요" 아니면 "생선회가 완전 신선해요" 이런 서툰 맛집 리포터 같은 뻔한 칭찬을 늘어놓으라는 뜻이 아니다. 무슨 말을 하든 자유지만 가게 사장님은 쓴웃음을 지을 게 뻔하다.

사실 술집에서 의사소통의 첫걸음은 '대화'가 아니다.

그것은 '주문'이다.

어려울 거 하나도 없다. 메뉴를 열심히 보고, 먹고 싶은 것을 주문한다. 당연하지만 그뿐이다. 하지만 그걸 진심으로 제대로, 온 힘을 다해 해보자. 무엇이 맛있을지 두근거리는 가슴으로 골라보자. 옆에 앉은 사람이 무얼 먹는지 슬쩍 훔쳐봐도 좋다. 귀에 익숙지 않은 메뉴를 가리키며 가게 사람에게 어떤 요리인지 물어도 좋다.

그 진지한 태도야말로 가게에 대한 경의의 표시가 아니고 뭐겠는가.

대중식당이든 세련된 레스토랑이든 자고로 음식점에선 손님들이 만족해 줄까, 맛있다고 생각할까, 가슴 콩닥거리며 요리를 고안하고 만드는 법이다. 요리를 하는 사람은 누구나 다른 사람에게 "맛있다"는 말을 듣고 싶어 한다. 그러니 당신이 어떤 태도로 메뉴를 보는지, 그 집 사장님은 바테이블 너머에서 가슴으로 느낀다. 두근거리는 마음으로 고른다니, 요리하는 사람에게 그보다 기쁜 일이 또 있을까. 쓸데없는 대사를 연발하지 않더라도 그 태도만으로 당신과 그 술집 사장님 사이에는 마음의 교류가 시작된다.

자, 주문이 끝났다. 드디어 술과 안주가 테이블 위에 놓였다.

인상 좋게 활짝 웃어 보이고, 놀라운 요리가 눈앞에 놓였을 땐 "와아!" 하고 감탄의 목소리를 내면서⋯⋯ 이러쿵저러쿵 길게 늘어놓고 있지만 한마디로 말해서 자연스러우면 되는 거다. 우리는 샤이한 일본인 아닌가. 익숙지도 않은 발연기를 열심히 하려 들다가는 녹초가 되어버릴 테니까. 우린 아직 시작도 못 했다. 진짜 시작은 지금부터다.

아무튼 각설하고, "잘 먹겠습니다"!

비기 7 술과 요리에 집중해서 맛보라

이건 '비기'도 뭣도 아니고 자연스럽게 할 수 있을 것이다. 혼자니까. 그리고 늘 꺼내보던 스마트폰도 봉인했으니까. 그러니 할 게 아무것도 없다. 그렇다면 온 마음을 다해 천천히 눈앞의 술과 안주를 맛볼 수밖에.

우아, 너무 쉽다!

그렇게 말하고 싶겠지만 실제로 해보면 의외로 우물쭈물 안절부

절못하는 사람이 많지 않을까?

지금의 일본인은 생각보다 이런 체험을 한 적이 별로 없으니까. 자고로 식사란 함께 모여 떠들썩하게, 혹은 혼자일 땐 텔레비전을 보며, 스마트폰을 보며, 혹은 잡지나 만화책을 읽으며…… 대부분 '무언가를 하며' 하는 게 당연해졌다.

바꿔 말해서 우리는 온갖 맛집을 검색하고, 순위를 체크하고, 여기가 맛있다느니 맛없다느니 평론하는 주제에 '먹는 것'에는 정말 소홀히 한다. 제대로 맛보는 걸 그 누구도 거의 하지 않는다.

……이런 점을 혼술 하다 보면 어쩔 수 없이 느끼게 된다.

하지만 동요할 필요는 없다. 이는 엄청난 기회이기도 하다.

이건 가게 사람들에게 자주 듣는 이야기.

요리하면서 무엇이 가장 슬픈가 하면, 손님에게 내놓은 요리가 손도 가지 않은 채 따뜻했던 게 식어가고, 아삭한 식감은 눅눅해지고, 횟감 표면은 점점 말라가고…… 그렇지만 손님들은 이야기에 열중하느라 요리 따위는 안중에도 없다. 얼른 드세요, 하고 말하고 싶지만 그러지도 못하고…….

그렇군. 듣고 보니 나도 찔리는 구석이 많다.

'회식' 자리에서는 '식(食)'보다 '회(會)'를 우선하기 마련이다. 먹는 건 누군가를 만나고 얘기하기 위한 구실이나 계기에 지나지 않고, '좀처럼 예약하기 힘든 인기 맛집을 겨우 예약했다'는 둥 이런 데까지는 다들 애쓰지만 일단 가게에 들어가고 난 다음엔 정작 중요한 음식을 소홀히 하기 쉽다. 결코 악의는 없다. 하지만 생각해 보면 정말 미안한 일이다. 손님이 이런 태도를 취한다면 아무리 좋은 가게라도 맛있는 음식을 대접하고 싶은 마음이 점차 줄어들 수 있고 또 그렇다 한들 할 말이 없다.

그렇지만!

혼술이라면 그런 걱정은 붙들어 매길. 혼자다. 대화할 사람도 없고 달리 할 일도 없다. 요리란 "주문하신 요리 나왔습니다" 하는 그 순간이 가장 맛있는 법이니 우리는 그 사랑이 넘치는 순간을 놓치지 않고 바로 먹으면 된다. 다른 무엇에도 한눈을 팔지 않고 천천히 맛보면 된다.

그건 어쩌면 의외로 '인생 첫 경험'일지도 모른다.

그렇다, 삶에 지친 당신! 우리 인생에 더 이상 새로울 게 없다며 생기를 잃은 당신! 그럴 리 없다. 신기할 것 하나 없는, 지금까지 인생에서 셀 수 없을 만큼 체험해 온, 그리고 이 포식의 시대에 대부분 다 먹어봤다 싶은 '먹는다'는 것, 어쩌면 그것조차 단 한 번도 제대로 체험하지 못했던 것일 수도 있다.

그걸 나는 혼술을 하면서 처음 느꼈다. 인생이라는 게 참 성장할 여지가 아직도 많이 있군.

그리하여 일단 마셨다. 맛있는 술안주도 맛보았다.

어떻습니까. 어려울 게 하나도 없죠. 그저 가게에 들어가 인사하고 바테이블에 앉아 술과 안주를 주문한 후 맛있게 먹는다. 누구나 다 하는 일이다. 하지만 온 신경을 집중해 그 하나하나를 가게 사람들에게 감사하는 마음으로 해본다. 그뿐이다. 그것만으로도 일단 충분하다. 물론 그대로 훌쩍 집으로 돌아간다면 그것도 나름 스마트하긴 하다.

하지만 몇 번 그런 체험을 반복한 다음 여유가 생기고 자신이 붙었다면 꼭 다음 단계로 넘어가 보자.

그렇다. 여기서부터 본격적인 의사소통에 돌입한다. 조금 난이도가 높아지지만 너무 긴장하지 마시길. 원래 처음부터 다 잘 풀리지는 않는 법. 약간의 실패가 나중에 좋은 우스갯소리(=술안주)가 되기도 한다. 그렇다, 실패란 사실 '맛있다'. 아니, 이것저것 고민하지 않더라도 반드시 실패할 테니 걱정 붙들어 매길. 그 정도의 마음가짐으로 어깨의 힘을 빼는 편이 훨씬 잘 흘러가기도 한다.

비기 8 먹은(마신) 다음에는 고마움의 뜻을 담아 감상을 말하라

이때까지는 대화라고 해봐야 술집에 들어가면서 하는 인사와 주문 정도였다. 그런 말에는 형식이라는 게 있다. 마음의 준비도 할 수 있고, 실제 상황에서는 대체로 예상대로 흘러간다. 즉 대화라기보다

'인사'의 범주에 속한다.

하지만 여기서부터는 다르다. 두드리면 울린다. 다시 두드리면, 또 울린다…… 그런 캐치볼 같은 대화. 말하자면 대본 없는 진검 승부다.

매일 당연하게 하는 것 같아도 제대로 해야지 싶으면 깊이를 알 수 없고 또 정답이 없는 게 대화다. ……아, 나도 일찍이 이 승부를 앞두고 엄청난 두려움에 떨던 시절을 떠올려 본다. 왜냐하면 상대방은 처음 만난 사람. 자유로운 대화야말로 매뉴얼에 따라 앵무새처럼 말하고 실패를 두려워하는 현대인이 가장 어려워하는 게 아닐까?

하지만 그렇다고 도망칠 수는 없는 노릇. 그야 손님이니까 어떻게 행동하든 자유다. 실제로 혼술 손님이 많은 가게에서는 손님을 대체로 두 종류로 나눌 수 있다. 대화를 즐기는 손님과 묵묵히 앉아 있는 손님. 입 다물고 있다고 해서 쫓겨나는 건 아니고, 취해서 쉴 새 없이 떠들어 대는 손님도 어지간히 민폐다. 다만 쓸데없는 참견일지 모르나, 완고하게 입을 다물고 있는 손님은 어느 모로 보나 불편해 보인다. 그러니 열심히 스마트폰을 노려보고 있는 것이리라. 그런 분께, 친절한 혼술 마스터(나)는 도움의 손길을 뻗는다. 간장을 집어달라고 하고 "고맙습니다" 하고 활짝 웃으며 다시 돌려준다. 그러면 아주 마음이 놓였다는 듯 활짝 웃음이 되돌아온다.

그렇다, 사람은 사람을 두려워하면서도 사람을 갈구하는 생명

체다.

그런 의미에서 드디어 대화의 시작법에 대해.

……새삼 얘기하자니 긴장되는군!

아니, 적당한 긴장은 좋다. 그건 오히려 예의로 이어진다. 하지만 지나치게 긴장하면 목소리가 갈라지고 착란 증세로 엉뚱한 소리를 해대며 그곳의 분위기를 얼어붙게 만들어 버리니 평생 트라우마가 될 일은 피해야 한다.

괜찮다. '센스 있는 한마디'니 '교양 넘치는 담론'을 펼칠 생각은 꿈에도 하지 말 것.

그곳 흐름에 따라 당연한 말을 당연하게 하면 된다.

그렇다. 자연스럽게 하면 되는 거다.

그러려면 제일 무난한 게 술과 요리에 대한 감상이다. 무엇보다 지금 막 먹고 마신 참이지 않은가. 그거라면 어떻게 될 것 같지 않나?

뭐야, 쉽잖아. 그렇게 생각한 당신. 그렇다, 간단하다. 그리고 간단할 뿐만 아니라 지금 진정으로 필요한 한마디이기도 하다. 만약 아무 말 않는다면 '맛이 없었나?', '무슨 불만이라도 있나?' 하는 의심이 망상을 불러일으키면서 사장님과 불필요한 마음의 틈이 벌어질지도 모른다. 그렇게 되면 불편함은 떼놓은 당상이다.

그러니 뭐든지 좋다. 용기를 내어 뭔가 말을 할 것.

쉬운 한 마디로 족하다.

"정말 맛있어요!"

이걸로 충분하다.

물론 이 말로는 다 표현할 수 없는 감격을 전달하고 싶다면 그래도 좋다. 추천 술이 맛있으면 "이렇게 맛있는 술, 처음 마셔봐요!"라든가, 예를 들어 은어구이가 맛있다면 "올해 들어 처음 먹었네요. 입이 호강해요" 등등.

모쪼록 주의해야 할 것은 이건 자신을 어필하기 위한 말이 아니라는 점이다. 중요한 건 그 집에 고마운 마음을 전하는 것. 어디서 굴러들어 왔는지 알 수 없는 손님을 기꺼이 맞아주고 열심히 술과 안주를 준비해 준 상대방을 조금이나마 기쁘게 해줄 말을 하는 것이다. 그러니 '난 식도락가야' 하는 느낌을 풍기는 길고 긴 감상 따위는 필요 없다. 웃음과 짧은 칭찬의 말. 이보다 더 좋은 것은 없다.

이 첫 대화는 간단하지만 사실 완전히 무시할 수는 없다. 여기서 사장님과 마음이 잘 통한다면 그 후 매사가 놀라울 만큼 매끄럽게 전개된다.

예를 들어 이런 식이다.

몇 년 전, 친구가 운영하는 술집에서 점원 견습을 할 때의 일이다(혼술 마스터 정도 되면 가끔 이런 귀중한 사회 경험을 할 수 있게 된답니다). 처음 온 아저씨가 바테이블에 앉아 눈을 반짝이며 메뉴를 보고 '으음,

다 맛있어 보여서 정하질 못하겠군' 하는 표정을 짓고 있었다. 그걸 본 사장님이 물었다. "혹시 괜찮으시다면 오마카세로 몇 가지 내어 드릴까요?" 무사히 거래가 성립되었는데, 이야기의 핵심은 그다음이다.

이 아저씨, 요리가 날라 올 때마다 눈을 반짝이며 정말 맛있게, 정성들여 맛보고 "와, 진짜 맛있군요" 하고 매번 탄식하듯 말씀하신다. 물론 사장님은 "다행이네요! 고맙습니다!" 하고 싱글벙글.

그런 대화가 반복되는 동안 곁눈질해 보니 사장님이 예산 따위 완전히 무시하고 연거푸 실력을 뽐내고 있는 게 아닌가. 나중에 물어보니 "그렇게 기쁘게 먹어주는데 신이 나는 걸 어쩌겠어요!" 하며 웃어 보였다.

난 이때 돈이란 무엇인가에 대해 생각했다. 상식적으로 생각해서 고도로 발달한 이 자본주의 사회에서는 돈만 지불하면 뭔가를 손에 넣을 수 있다고 믿는다. 하지만 사실 태도 하나로 돈으로는 결코 손에 넣을 수 없는 것을 얻게 되기도 한다.

그야 처음부터 이렇게 술술 풀리지는 않을 것이다. 하지만 이분에게서 배워야 할 점은 많다. 이분, 복잡한 말은 한 마디도 하지 않았다. 그저 기분 좋게, 행복하게 먹고 맛있다는 느낌을 확실하게 전달했다. 그것만으로 스스로 행복해졌을 뿐만 아니라 가게 사장님까지 행복하게 만든 것이다.

이것이 바로 의사소통이다. 대화란 일방적인 것이 아니다. 통통

튀기듯이 서로 기분 좋게 주고받으며 마음이 통하는 게 중요하다. 어떤 이미지인가 하면, 예를 들어 추임새 같은. "얼씨구!" "좋다!" 뭐 그런 느낌? 한 마디로 사장님이 기분 좋게 일하게 만드는 응원 메시지 같은 것이다. 맛있다는 한 마디, 그냥 그뿐이지만 이걸 하고 안 하고는 천지 차이다.

혹여나 '뭘 꼭 그런 걸 말로 해야 하나' 하는 귀차니스트의 마음가짐은 버리시길. 부부 사이가 차갑게 식는 주요 원인이 당연히 표현해야 할 감사와 칭찬을 "그걸 꼭 말로 해야 돼?"라는 귀찮음으로 생략하는 데서 비롯된다는 사실을 떠올리시길. 칭찬은 하면 할수록 몇 배나 부풀어 되돌아온다. 노 리스크. 밑천도 필요 없으니 이게 바로 최고의 투자가 아닐까.

그런데 한편 이걸 귀찮아하는 사람들은 인생에서 돌이킬 수 없는 큰 것을 잃고 만다.

뭐라고요? 만약 요리가 맛이 없으면 어떻게 하냐고요?

물론 거짓말을 할 필요는 없다. 하지만 음식에 무슨 죄가 있나. 세상에는 배고픔에 허덕이는 사람들도 많다. 결코 남기거나 불평하지 말고 감사히 먹은 후 얼른 '잘 먹었습니다' 하고 방긋 웃으며 가게를 훌쩍 나오면 된다. 그런 조용한 선행은 반드시 다음을 기약하기 마련이다.

자 그럼, 다음으로!

비기 9 할 게 없으면 다른 손님의 대화에 가만히 귀를 기울여라

자, 첫 대화("맛있어요!")는 무사히 끝났다. 여기서부터 술집 사장님과 순조롭게 대화의 꽃을 피울 수도 있겠지만 사실 그리 호락호락하지 않은 게 또 세상사다. 좋은 술집은 붐비기 마련이어서 사장님도 바쁘고 당신은 덩그러니 혼자 바테이블에 남겨져 그저 묵묵히 먹고 마시게 될 확률 20,000%.

해보면 알겠지만 이게 참 마음이 불편하다. 엉덩이가 근질거린다. 아, 그렇지, 스마트폰이 어디 있더…… 아니야, 그건 봉인했잖아! 이때가 바로 인내심이 시험받을 때다. 승패의 갈림길. 자, 어떻게 할까.

최근 코로나 때문에 '온라인 다도'를 시작한 관계로 갑자기 좌선에 흥미를 느끼는 중인데, 내 멋대로 해석하자면 좌선의 비의(秘意)란 '아무것도 하지 않는 것을 두려워 않고 오히려 즐기는 것'이 아닐까. 스님들이 험난한 수행을 하는 걸 보면 우리네 범부들은 더더욱 '아무것도 하지 않는 것'을 좀처럼 견뎌내질 못할 것이다. 그러니 혼술이 쉬운 게 아니다.

그래서 생각했지 말입니다. 그렇게 어렵다면 '뭔가를 하면' 되잖아. 질리도록 말하지만 스마트폰 아닙니다!

도라 씨라면 옆 손님과 느낌 좋게, 자연스럽게 대화를 시작하겠지만 우린 도라 씨가 아니니 그런 위대한 야심은 품지 않는 게 상책이다.

괜찮다. 도라 씨가 아니어도 누구나 할 수 있는 걸 생각해 냈으니까!

그건 바로 '듣는 것'이다.

옆에 앉은 두 사람의 대화든, 사장님과 손님의 대화든 좋다. 아무도 말을 하지 않는다면 가게에 있는 텔레비전 속 대화여도 좋고, 텔레비전이 없으면 흐르는 음악이어도 상관없다, 그것도 없으면 바테이블 너머 요리하는 소리, 설거지하는 소리여도 좋다. 뭐든 다, 그냥 집중해서 귀 기울여 보자.

여기서 중요한 건 단 하나. 비평하는 마음을 갖지 않는 것이다.

'뭐야, 시시한 얘기만 늘어놓고.' '아는 척 떠들어 대니 정말 시끄럽군.' '어쩜 저렇게 재미없는 프로그램을 만들었지.' 'BGM 센스가 꽝이네.' 마음속으로 이런 생각을 해서는 안 된다.

무엇이든 받아들이는 방식에 따라 다르니까. 넉넉하고 따스한 마음으로 귀를 기울이면 시시한 얘기에도 꽤 유익한 교훈이 들어…… 있을지도 모른다. 아니, 솔직히 말해서 한 치의 가치도 없는 얘기일지도 모른다. 그럼에도 불구하고, 적어도 이야기를 하는 사람은 열심이다. 나를 인정해 달라, 나를 받아들여 달라, 돌아봐 달라, 그렇게 마음속으로 외치고 있는 건 틀림없는 사실이다.

그건 지금 당신 자신의 모습이기도 하다. 그렇게 생각하면 칫 하고 혀를 찰 게 아니라, 지지 말라고 응원하는 마음이 생기지 않을까?

그렇다, 우선 조용히 가게 안 대화를 열심히 듣고 넉넉한 마음으로 받아들여 보자.

왜 이런 설교를 늘어놓는가 하면 내가 참선에 눈을 떠서……가 아니라 그게 지극히 현실적인 작전이기 때문이다.

해보면 안다. 객관적으로 보면 당신은 그저 묵묵히 고독하게 술을 마시고 술안주를 젓가락으로 헤집고 있는 손님이다. 하지만 주위 대화에 겸허히 귀 기울이고 있다 보면 당신을 감싼 분위기가 확실히 바뀐다. 어색하게 튀는 느낌이 서서히 사라지고 어느덧 몇 년을 다닌 단골 같은, 마치 가게가 오픈했을 때부터 놓여있던 손짓하는 고양이 장식물 같은, 다시 말해 따스하고 자연스러운 공기 흐름이 당신을 부드럽게 감싸기 시작할 것이다.

한편 말과 표정에 나타내지 않더라도 마음속으로 부정적인 태도를 갖고 있으면 반드시 주변에 전해지고 만다. 아무리 시간이 지나도 당신은 튀는 느낌 그대로, 어색한 분위기 그대로 덩그마니 혼자 있어야만 한다.

이런 고약한 말을 계속하는 이유는 그만큼 사람들이 자주 하는 실수이기 때문이다. 긴장했을 때 사람은 뭔가에 매달려 자신을 지켜내려 애쓴다. 그리고 그 '무언가'란 대부분 쓸데없는 자존심이다. 주위에 비판적 태도를 취함으로써 자신의 우위를 확인하고 안심하고 싶은 것이다. 그건 내가 여러 번 저지른 실수이기도 하다. 아니, 시험 삼아 한번 해보라 하고 싶을 정도다. 정말이지 무시무시할 만큼 될 테니까! 본말전도란 이럴 때 쓰는 말이다. 소소한 설 자리를 마련하기 위해 용기를 짜내 마시러 갔는데, 스스로 그걸 없애버리는 나. 정말 두려워해야 할 것은 쓸모없고 초라한 내 자존심이다.

알다마다. 아무리 작아도 자존심을 내버리는 건 꽤 두려운 일이니까. 맨몸으로 적진에 뛰어들어 가는 거나 다름없으니까. 하지만 괜찮다! 해보면 의외로 중독된다. 죽을 각오로 덤벼야 성공하는 법이라는 옛말도 있지 않은가. 죽을 각오로 덤벼도, 아니 죽을 각오로 덤벼야 쾌적하게 살 수 있다는 것, 마법 같지 않은가. 게다가 당신은 그저 묵묵히 입 다물고만 있을 뿐이다. 그것만으로도 분위기가 바뀐다. 어쩌면 사람들이 모두 초능력자인지도 모르겠다는 생각을 하는 요즘이다.

이렇게 당신은 한 마디도 하지 않고, 그러나 확실히 가게에 녹아들어 갔다. 그래, 바로 그거야!

자 그럼, 여기서 승리를 확실히 굳히기 위한 한 발.

술집에서의 대화란 대체로 농담이다. 물론 회사원의 푸념과 상사의 설교도 있지만 말이다. 그런들, 그렇다 한들, 때로는 피식 웃음을 유발하는 약간의 개그 한두 개쯤은 섞이기 마련이다.

다른 사람의 이야기에 진지하게 귀를 기울이다 보면 그런 개그에 '피식' 웃음이 나와버리는 순간이 있다.

그렇다, 바로 그거다! 그 순간을 확실하게 붙잡길 바란다. 그리고 자연스럽게 피식 웃어주길 바란다.

부디, 어디까지나 '자연스럽게'다. 다른 사람의 대화를 끊는 그런 과장된 웃음은 절대로 불필요하다. 그런 짓을 했다가는 당신은 그저 '남 말 엿듣는 변태'가 될 뿐이다. 요주의 인물로 찍히고 그다음 대화는 당신에게 들리지 않도록 소곤거리는, 최악의 결말을 맞이하는 건 피할 수 없는 수순이다.

그런 게 아니라 옆에서 보면 알지 말지 모를 만큼이 딱 적당하다. 숨을 약간 내쉬는 느낌의…… 아니, 너무 신경을 곤두세우다 보면 웃음이 나오다가도 말겠지. 죄송. 무슨 말인고 하니, 주위 대화에 느긋하게 귀를 기울이고 가게 분위기에 마음속으로 익숙해지면서 녹아들어 간다면 아주 자연스럽게 그런 순간이 찾아올 테니, 그 큰 파도에 천천히 자연스럽게 몸을 맡기라는 뜻이다.

생각해 보길. 당신이 몇몇 친구와 즐겁게 마시며 아주 재미있는 얘기를 같이 웃고 떠들고 있는데 옆에 앉은 혼술 손님이 무서운 얼굴로 표정을 굳힌 채 마시고 있다면 에휴, 이 사람 화난 걸까, 시끄럽다고 한마디 하진 않을까…… 이런 생각을 하지 않겠나? 그런데 다들 웃음보가 터졌을 때 묵묵히 마시던 옆 사람이 아주 조금 미소를 짓는다면 약간의 친밀감을 느낀다고나 할까, 왠지 기쁘지 않나?

잘 알지도 못하는 컴퓨터 용어를 예로 들어 미안하지만, 여러분은 '동기화'라는 말을 알까.

컴퓨터와 스마트폰을 '동기화'하면 컴퓨터로 받은 메일을 스마트폰으로도 볼 수 있는 그거 말이다. 난 이 말을 회사를 그만두고 서툰 컴퓨터 환경을 스스로 만들어야 하는 악몽에 시달렸을 때 처음 알았다. 잘 모르는 말에 엄청 위축되었는데, 지금은 그 작은 기적이 이루어질 때마다 내 컴퓨터와 스마트폰이 서로 마음을 주고받는 것처럼 느껴져 가슴이 따스해진다.

그리고 나는 지금, 처음 가보는 술집에 들어갈 때마다 이 말을 떠올린다.

그래서 나는 술집과 '동기화'하려고 시도한다. 다시 말해 가게 사람들과 마음을 나누기 위해 주파수를 열심히 맞추려 애쓰는 것이다. 지금까지 써온 것처럼 그 비법은 심호흡과 '듣는 것'. 그것만 할 수 있으면 이미 그곳은 내가 있을 자리다. 그다음은 편안히 먹고 마시고 생글거리며 계산하고 나오면 된다. 여유가 있어서 옆자리 사람과 가볍게 인사라도 할 수 있다면 완벽하다.

그렇다, 당신도 동기화해 보기를. 여기까지 마스터하면 일단 충분히 합격이라고 하겠다. 혼자서 낯선 거리를 헤매더라도, 처음 가보는 가게에 들어가더라도 편안히 식사를 즐길 수 있다.

그리고 어느새 이 방법이 인생의 온갖 장면에서 유효하다는 걸 알게 될 것이다. 실제로 나는 이 방법의 효능이 너무나 좋아 처음 가보는 가게는 물론 이사한 곳, 여행한 곳, 말도 전혀 통하지 않는 외국에서도 만나는 모든 사람과 '동기화'를 시도한다. 그러면 어느새 주위 모든 분들의 시선이 친절하게 바뀐다. 세계 어디를 가도 마치 내 집처럼 편안히 지낼 수 있다. 돈이나 정보, 어학 능력과 인맥이 없어도 전 지구를 나의 집으로 만드는 날이 가까워진 것 같다.

그러니 우선 동기화다. 상대방을 받아들이고 같은 위치에 설 것. 이것이야말로 깨달음의 경지일지도 모른다…… 이렇게 과장한 김에 한 발 더 나아가고자 하는 분들을 위해 비법을 알려드리겠다.

무엇보다 이 책의 목표는 도라 씨가 되는 것이다. 가는 가게마다 어느덧 그 집 사람이나 단골의 마음을 완전히 사로잡고, 일손이 부족할 땐 앞치마를 둘러 음식을 나르고, 어여쁜 종업원과 혼담까지 오가고…… 그런 말도 안 되는 슈퍼 히어로. 설마 거기까지는 못 가더라도, 모처럼의 식사다. 가벼운 농담 정도는 주고받을 수 있는 무책임한 술친구를 한둘쯤 만든다고 해서 천벌은 받지 않을 것이다.

그렇다, 다음은 한 발 더 나아가 '대화편'이다.

목표는 처음 훌쩍 혼자 들어간 가게에서 옆 사람과 자연스럽게 웃으며 대화하는 것. ……그까짓 게 뭐가 어렵냐고요? 아니죠, 우습게 봐서는 안 됩니다. 가슴에 손을 얹고 생각해 보시길. 당신은 지금까지 살면서 직함 따위에 전혀 기대지 않고 그저 한 인간으로서 한정된 시간 동안 우연히 옆에 앉은 사람과 친구가 되어본 적이 있나요?

어렸을 땐 그까짓 거 아주 쉽게 해냈을지도 모른다. 하지만 어른이 되고 난 후에는 조직과 동료에게 기대어 안전한 세계에 갇혀 사는 걸 당연시하다 보니 혼자 바깥세상에 한 발 내딛는 일이 점점 힘들어지지 않았을까. 그 증거로, 회사원은 겨우 정년퇴직한 것 가지고 어쩔 줄을 몰라 쩔쩔매는 것이다.

전혀 알지 못하는 사람하고 얘기한다는 것, 막상 닥치면 무슨 얘기를 하면 좋을지 하나도 모르겠고, 그러다 보면 꼭 얘기를 해야 하나, 이런 생각이 들게 마련이다. 물론 아무 말 하지 않아도 좋다. 나도 절대 다가가기 싫은 유형의 사람 옆에 앉게 되면 원만한 '거절의 아우라'을 뿜으며 거리를 두는 일이 있다. 하지만 그렇지 않은 경우, 뭐라고 할까, 옷깃만 스쳐도 인연이라고 하지 않나. 사람은 역시 사람과 부딪치며 살고 싶은 동물이다. 그러니 이걸 할 수 있는지 없는지에 따라 술집의 즐거움은 천양지차라 해도 과언이 아니다.

그래서 나 역시 노력했다. 열심히 대화를 시도했다.

그래서 어떻게 됐느냐 하면, 죽을 때까지 떠올리고 싶지 않은 실패(흠칫 놀라게 하거나, 썰렁해지거나, 무시당하거나……)를 되풀이했다.

그런 의미에서 일단 이것.

비기 10 대화란 억지로 하는 게 아니라는 것을 터득하라

정말이지 생판 모르는 남에게 말을 건다는 건 정말 어려운 일이다.

자랑은 아니지만 나, 원래 신문기자였으니 처음 보는 사람에게 넉살 좋게 말을 거는 훈련은 꽤 쌓아왔다고 자부한다. 그래서 그 기술을 총동원해 노력했다.

우선 무엇보다 화제다.

술집에 있으니 공통의 화젯거리는 틀림없이 그 '가게'일 터. 그래서 이 말.

"이 집엔 자주 오시나요?"

음. 좋았어! 뭐니 뭐니 해도 처음 대면하는 사람과의 인사로 그야말로 자연스럽다.

그리고 '술'. 이것도 술집이니까 틀림없는 공통의 화젯거리일 것이다. 예를 들어 사케를 잘 갖춘 가게라면 이런 말은 어떨까.

"사케를 잘 아시나요?"

음음, 이것도 좋지! 자연스럽게 상대방의 자존심을 살려주는 것도 꽤 잘 짜여진 전술이야.

그래도 안 되면 화제가 없을 때의 구세주, 날씨 얘기도 있다.

"안녕하세요. 와, 오늘 진짜 찌더군요."

……내가 생각해도 화제로서는 완벽한 쪽에 들어간다 싶은데 어떠신지.

그러나.

화제가 완벽하다고 해서 대화도 완벽해진다는 법은 없다는 것을, 그 후 난 온몸으로 배우게 되었다. 무엇보다 이 넓은 우주에서 '옆에 앉아 술을 마신다'는 기적적인 인연을 맺은 분에게 무한한 존경과 웃음으로 완벽한 화제를 제공한 내게 되돌아온 것은 어김없이 "네…… 그렇군요" 하는 전혀 내키지 않은 대답.

이건 완벽히 나를 향해 '원만한 거절의 아우라'가 발동한 것이다.

정말이지 괴롭다. 그 후에 흐르는 어색한 분위기라니! 술도 안주도 대충 먹고 얼른 도망칠 수밖에.

대체 뭘 잘못했을까. 정말 많이 생각했다.

처음엔 물론 '말을 건 상대가 안 좋았기' 때문이라고 생각했다. 술집에 혼자 오는 사람은 꽤 까다롭고 고독한 사람들이니 대화 능력이 없을 거야…… 그렇게 일방적으로 책임을 떠넘겼다. 그러나 같은 실패를 거듭하면서, 아무리 나라도 혹시 상대방이 아니라 나한테 문제가 있는 건 아닐까 생각하지 않을 수 없었다.

나 어쩌면 인상이 엄청 안 좋은 사람이라거나……?

아냐 아냐 아냐! 그럴 리 없어!

이런 나도 우연히 옆 사람과 즐겁게 자연스러운 대화를 나누는 일도, 아주 가끔이긴 하지만 없진 않다. 나도 나름 괜찮은 구석이 있는 술꾼일 것이다. 자 그럼 대체 어떻게 해야…… 하고 생각하다가 문득, 어떤 사실을 깨닫게 되었다.

이야기가 잘 풀릴 땐 내가 방심했을 때다. 모르는 사람과 자연스럽게 대화하고 싶다는 분수에 맞지 않는 야망을 버리고 될 대로 되라지 하고 방심한 채 천천히 술을 마실 때에만 왠지 대화가 시작되곤 했다.

그렇군. 내가 중대한 착각을 했던 건 아닐까.

중요한 건 마음을 편안히 먹는 것. 마음 편히 먹으면 취객들끼리 칠칠치 못한 대화가 자연스럽게 시작되는 것이다. 아니, 원래 편안해지고 싶어서 술집에 오는 거니, 그냥 흐름에 맡기면 자연히 얘기를 할 수 있게 된다.

그런데 난 그걸 기다리지 못하고 어깨에 한껏 힘을 주어, 마치 하수가 작업을 걸듯 열심히 대화를 시작했으니 그야말로 분위기를 망칠 만도 했다. 상대방이 흠칫 놀라는 것도 당연하다.

다시 말해 중요한 건 화제가 아니라 '타이밍'을 잘 잡는 것이다. 흐름에 몸을 맡기고 필요할 때를 놓치지 않고 필요한 말을 자연스럽게 내뱉으면 되는 것이었다.

울지 않으면 울 때까지 기다리마 두견새야

이거다! 술집에서는 도쿠가와 이에야스의 성격을 나타내는 이 말이 썩 요긴하다.

그렇게 편한 마음가짐을 하면 대화는 자연스럽게 이어진다. 경험을 쌓아온 나도 지금은 편안히 맘 잡고 있으니 긴장이 더욱 풀리면서 대화에 끼어들 아주 사소한 타이밍이, 강속구 공을 꿰맨 솔기가 보이더라는 전성기의 오 사다하루(1940~, 중화민국 국적으로 일생을 일본 야구계에 몸담은 전설적인 인물로, 일본 프로야구 통산 최다 홈런, 최다 타점 기록을 보유하고 있다—옮긴이)처럼 손에 잡힐 듯 보이게 되었다. 그러니 억지로 대화하려 애쓰지 않아도 되고 그러니 더더욱 마음이 편안해지면서 자연스럽게 한 마디를 하고 주위를 웃게 만든다…… 그 무한 루프…….

이야말로 혼술 마스터가 아니고 뭐겠는가.

하지만 초심자는 그러지 못한다. 알다마다! 원래 편안함이란 에베레스트 등산만큼 어려운 것이니 대화에 끼어들 타이밍을 아무리 기다려도 도무지 알 수가 없다. 그럼 더욱 긴장하게 되고, 주변이 즐겁게 떠들면 떠들수록 자의식과잉이 되면서 튀고 만다. 아, 만약 그럴 때 내가 옆에 앉았다면 당신의 고난을 깨닫고 도움의 손길을 뻗을 텐데 그럴 수도 없고.

물론 실패하면서 조금씩 능숙해지면 되지만, 이것만큼은 하루아침에 생기는 능력이 아니다. 실패가 너무 지속되다 보면 포기하고 싶은 마음도 생길 것이다.

그러므로 여기서 최고의 힌트를 전수하고자 한다. 수많은 실패 끝에 얻어낸, 초심자를 위한, 말하자면 '누구나 할 수 있는 술집 대화 첫걸음'!

비기 11 우선 바테이블 너머에 있는 술집 사장님과 대화를 시작하라

이거다! 정말 이거 하나면 끝이다.

이는 초심자가 아니더라도 강추할 만한 방법인데, 그 이유는 셀 수 없지 많지만 하나만 꼽으라면 그것이 가게에 대한 예의이기 때문이다.

자고로 모든 일에는 순서라는 게 있다.

당신은 말하자면 나그네. 모르는 집 문을 두드려 나온 사장님에게 "오늘 하룻밤만 재워주실 수 있을까요?" 하고 부탁하고 들어간, 어디서 굴러다니다 온 뼈다귀인지 모르는 사람이다. 그렇다면 무엇보다 우선 사장님의 신뢰를 얻어야 한다. 갑자기 사장님은 빼고 다른 가족과 시시덕거린다는 건 어불성설이다.

그렇다. 나그네는 일단 사장님과 이야기를 나눠 신뢰를 얻어내야 한다.

그건 전혀 귀찮은 일이 아니라 이쪽 입장에서는 오히려 잘된 일이다. 왜냐하면 우연히 만난 옆자리 손님이 무엇에 흥미를 느끼는지, 어떤 화제로 이야기꽃을 피울 수 있을지는 초능력자가 아닌 이상 알 수 없지만, 상대방이 술집 사장님이라면 무엇에 흥미를 느낄지 환하게 꿸 수 있으니까.

그렇다. 새로 온 손님(나)이 과연 이 가게를 마음에 들어할까, 그리고 이 손님은 품행이 바르고 느낌 좋은 사람일까. 다시 말해 앞으로 가게의 좋은 손님이 될 가능성이 있는지를 가장 먼저 알고 싶어할 것이다.

그것만 알릴 수 있다면 어려운 이야기를 꺼낼 필요가 없다. 그 '알고 싶은 것'의 정답을 쉽게 전달하면 된다. 안주가 맛있으면 맛있다고, 가게 분위기가 마음에 들면 "처음 왔는데 좋네요" 하고 예의 바르게 말하면 된다. 마음의 여유가 있으면 왜 마음에 들었는지 한마디 더 보탠다. "좋아하는 술 종류가 많아서 기쁘다"거나, "싸고 맛있어서 최고"라거나, "이 근처에서 맛있는 오뎅집을 오래 찾아다녔어요(오뎅이 있을 경우)"라거나, 뭐든 좋다. 진심을 솔직하게 말할 것.

이 정도면 할 수 있을 것 같지 않나?

물론 두 번 다시 찾아오기 싫다면 아무 말도 하지 않으면 된다. 하지만 나라면 일숙일반(一宿一飯, 여행길에 하룻밤 묵어 한 끼 식사를 대접받는다는 뜻－옮긴이)의 은혜랄까, 아주 사소한 부분이라도 칭찬할 만한 점을 찾아내 가게 사장님을 방긋 웃게 만들려고 노력할 것이다. "이 동네에 처음 와보는데 맘에 드네요. 분위기가 좋아서요"라든가. 이것도 연습이다. 어떤 상대든 활짝 웃게 만드는 수행. 대체로 별로인 가게는 사장님도 대체로 무척 어두운 법이다. 그 사람의 표정을 밝게 만들 수 있다면 뭔가가 변할지도 모른다. 그 한마디 말로 그 집을 맛집으로 변하게 하고 당신을 평생의 은인으로 여기게 될 가능성이제로라고 장담할 수 있나? 세상은 결국 모두 연결되어 있으니까. 마치 나비효과처럼. 당신의 성의 있는 따스한 한마디는 결코 헛된 말이 아니다. 그러니 우선 용기를 내어 사장님에게 말을 걸어보자!

이야기가 살짝 빗나갔지만, 다시 말하자면 대화란 신뢰의 첫걸음이다. 당신이 술집 사장님에게 한두 마디라도 예의 바르게 말을 걸 수 있다면 틀림없이 사장님의 신뢰를 얻는 단계로 올라갈 시간이 된 것이다.

여기까지 왔으면 이제 당황하거나 서두르지 말고 희미하게나마 신뢰의 분위기로 몸을 감싸고 차분히 마시면 된다. 지금 막 태어난 신뢰는 아장걸음이니까. 내달렸다가는 당장 넘어질 것이다. 모처럼 말을 걸었는데 침묵이 이어진다면 당연히 불안함이 엄습하겠지만 허둥댈 거 없다. 조금만 기다리면 사장님이 뭐라도 질문을 던질 것이다. "회사가 근처신가요?" 혹은 "근처에 자주 마시러 오시나요?"

그다음엔 평범한 대화와 똑같다. "네" 혹은 "아니오" 같은 단답형 대답으로는 대화가 끊기니까, 조금만 앞으로 더 나아갈 수 있는 화제를 꺼내자. "이 주변에 있는 ××라는 가게에 가끔 가거든요"라고 한다거나. 그럼 "아, 그 가게는……" 같은 식으로 대화의 캐치볼이 시작된다. 그다음엔 둘이서 손에 손을 잡고 한 발씩 나아간다. 신뢰란 이처럼 나와 상대방이 서로 도우면서 배려하며 쌓아가는 것이다.

또 하나, 중요한 충고를 해야겠다.

여기서 우쭐해서 어려운 지식을 펼쳐 보이거나 자랑을 해서는 결코 안 된다!

지겨울 만큼 들었겠지만 또 한 번 말하겠다. 지금 당신에게 필요한 것은 '자신을 크게 보이는 것'이 아니다. 나는 이렇게 술을 잘 안다든가, 실은 상당한 식도락가라든가 그런 말을 떠들어 댔다고 하자. 설령 그게 사실이고 그 가게에 있는 누구보다 당신이 한 수 '위'라 치더라도 대체 당신 이외에 누가 그 사실을 기뻐하겠는가?

신참내기인 당신이 하는 대화는 그 자리에 있는 다른 손님에게도 다 들린다. 대화 상대는 가게 사장님뿐만이 아니라 실은 가게에 있는 모두다. 그들은 이 친구가 술친구로 적당한지 마음속으로 점수를 매기고 있는 것이다.

그리고 그 집 사장님은 재빨리 암묵의 투표를 집계하고 당신이 합격인지 여부를 결정한다.

'합격'했는지 못 했는지는 바로 알 수 있다.

합격이라면 다음 단계가 기다리고 있으니까.

드디어 그때가 왔다. 가게 사장님이 아주 자연스럽게 옆에 앉은 손님과 당신을 연결해 주는!

와…… 드디어 여기까지 왔다 싶으니 감격의 눈물이 앞을 가린다.

처음 간 술집에서 우연히 옆에 앉은 손님과 자연스럽게, 즐겁게 대화를 나눈다—그건 이 책이 바라는 지상 최대의 목표다. 도라 씨처럼 다른 사람 마음을 사로잡는 천재가 아니라면 불가능할 것 같았던 무한도전이다. 그런 걸, 그런 걸…… 대체 어떻게 하라는 거냐며 내동댕이치고 싶은 마음을 다잡고 우리는 겨우 그 입구까지 온 것이다!

아니, 내가 억지로 여러분을 여기까지 데려왔다. 그렇게 생각하면 여기까지 참고 따라와 주신 여러분이 있다는 게 기적 그 자체다. 나를 믿고 여기까지 따라와 주셨다니!

그렇다. 이 '삼각 대화'야말로 내가 상처투성이가 되면서 발견한, 누구라도 도라 씨가 될 수 있는 비법인 것이다.

다시 말해 옆에 앉은 사람과 이야기하고 싶다면, 우선 옆 사람이 아니라 앞에 있는 사장님에게 말을 건다. 급할수록 돌아가라고 하지 않나. 여기서 이야기가 활기를 띠면 사장님이 이야기의 방향을 옆 사람으로 잡아준다. 말하자면 테니스 벽치기 연습 같은 거다. 벽을 향해 쳐라. 그걸 자연스럽게 반복하다 보면 벽에 부딪친 공이 옆 사람에게 튄다.

예를 들어 이런 식이다.

당신이 술집 사장님에게 방금 마신 술이 맛있다고 말했다 치자. 대화가 조금 활기를 띠게 되고 사장님이 당신의 옆 사람에게 "××씨도 이 술 좋아하시죠?" 하고 대화에 끼워 넣는다. 그러면 옆에 앉은 사람이 "그쵸, 이 술 정말 맛있죠" 하는 식으로 대답한다. 그러니 당신은 옆 사람에게 "정말 그래요!" 하고 말할 수밖에 없잖은가. 사장님, 나이스! 이렇게 되면 다음은 어떻게 전개되든 상관없다. 정해진 수순처럼 "이 가게에 자주 오시나요?" 혹은 "추천해 주실 만한 다른 술 있나요?"라고 해도 좋다. 몸의 힘을 빼고 평범하게 단란함을 느끼면 된다.

생각해 보면 바테이블이라는 자리가 참 잘 만들어진 거라는 생각이 든다. 만약 이 세상에 바테이블이 없었더라면 누가 중매를 서줄까. 기침을 해도 혼자. 그러니 앞에서도 썼지만 처음 가보는 술집은 바테이블 있는 가게를 고르고, 바테이블에 앉는다. 그것만으로도 당신은 더 이상 혼자가 아니다.

이렇게 누구나 처음 보는 옆 사람과 대화할 수 있는 확실한 방법을 전수했는데 여기서 또 하나 말해두어야 할 게 있다.

세상에는 '아무하고도 얘기하고 싶지 않은 사람'도 있다. 화기애애한 분위기의 즐거운 술집이더라도 혼자 묵묵히, 조용하게 술을 마시고 싶은 사람도 있다는 것. 그런 사람과 억지로 대화를 하려고 해서는 안 된다. 그렇지만 초심자가 그걸 알 리 없으니, 옆에서 묵묵히 마시는 손님이 사실 누군가와 즐겁게 이야기를 하고 싶은지, 아니면 이대로 내버려 뒀으면 하는지 어떻게 알겠는가.

그러니 역시, 일단 그 가게의 지시를 따르면 실수가 없다. 가게 사람은 그 부분의 호흡을 100퍼센트 파악하고 있기 때문에 결코 그런 손님을 다른 누군가와 연결시키려 들지 않는다. 그러니 말이다,

만약 당신이 가게 사람과 열심히, 친밀하게 대화하고 있는데도 불구하고 가게 사람이 옆 사람과 당신을 연결해 주지 않아 '삼각 대화'로 발전하지 않더라도 실망하거나 섭섭해하거나, 혹은 이 책 순 거짓말이었어, 하고 의심해서는 안 된다. 모든 것에는 이유가 있다.

그러니 그럴 때는 그 술집을 믿고, 자신을 믿고, 할 수 있는 일을 하면 되는 거다. 그다음은 천천히 즐겁게 술을 마시자는 넉넉한 마음으로, 그저 행복하게 먹고 마시면 된다.

여기까지 열심히 대화에 대해 떠들어 놓고 이제 와서 무슨 말이냐 싶겠지만, 사실 묵묵히 술을 마시는 것도 나쁘지는 않다. 중요한 건 입보다, 그 무엇보다 '마음'을 해방시키는 것. 다시 말해 혼자서도 결코 고독해지지 않는 것. 그것만 할 수 있다면 말을 하지 않더라도, 잡담을 하더라도 결국 똑같다. 모르는 곳, 모르는 사람 속에 있더라도 편안히 자신의 설 자리를 만들 수 있다면 당신의 세계는 분명 바뀔 것이다.

그러므로 다시 복습. 요령은…… 이미 귀에 딱지가 붙었겠지만, 우선 심호흡! 그리고 자신을 받아들여 준 가게 사람에게 인상 좋게 굴기!

하지만 그것만으로는 뭔가 부족하다. 더 중요한 게 또 하나 있다. 실은 나, 최근에 그 사실을 깨달았다.

일의 시초는 그놈의 코로나다.

코로나가 확산되면서 나와 술집의 관계는 극적으로 바뀌었다. 쉽게 말해 다니기 힘들어진 것이다. 훌쩍 술집에 들어가, 나처럼 혼자 들어온 사람과 함께 떠들썩하게 생산성도 없고 목적도 없는 유쾌한 대화를 즐기는 혼술의 묘미가 전부 '위험한 것'이 되고 말았다. 설마 그런 날이 올 줄이야. 신문에서 이 책의 바탕이 될 연재를 시작했을 땐 코로나는 코빼기도 보이지 않을 때여서 담당자와 관련 기획까지 밀고 나가자며 의기투합했었다. 그랬던 게 어느새 공개 처형(연재 중단) 당하지나 않을까 가슴 졸이고, 어떻게든 눈감아 주길 바라는 마음으로 세상 돌아가는 형편을 무시한 채 귀중한 지면을 써가며 '분위기 파악 못 하는 이차원 월드'를 전개하는, 그런 상상도 못 했던 사태가 벌어진 것이다.

다시 말해 신문 독자 여러분에게는 열심히 혼술을 권하면서 정작 나 자신은 술집 노렌을 걷고 들어가기 힘들어졌다는, 말과 행동이 전혀 다른 최악의 상황에 직면했다.

안 되겠다 싶어 근처 단골 술집을 찾아보지만 씁쓸한 경험만 기다리고 있을 뿐.

세상에 다른 사람도 아닌 내가, 주위 사람들을 모조리 의심하게 된 것이다. 아니, 지금 이 시국에 이런 데 앉아있어서야 되겠어? 생각이 좀 짧은 거 아냐? 자기도 술 마시러 온 주제에 인상 쓰고 숨죽이며 홀짝이고 있었다.

이건 그냥 문제가 있는 정도가 아니다.

아무도 못 믿는 나. 이건 완전 감옥이나 다름없잖아. 내가 오랫동안의 수행 끝에 겨우 얻은 자유로운 세계가, 어느새 흔적도 없이 소멸해 버렸다.

적은 코로나가 아니라 내 안에 있었다. 사람은 결국 다른 사람을 믿고 마음을 열 때 행복을 느끼는 동물이다. 그게 살아가는 보람이기도 하다. 그런데 남을 의심하고 아무도 못 믿고 살다니, 비록 코로나에 감염되지는 않는다 하더라도 대체 그걸 '살아있다'고 할 수 있을까?

그래서 난 중대한 결심을 했다.

생각해 보면 뭐가 옳은지 누가 알겠는가. 각자 처한 상황과 사고방식에 따라 정의란 이름의 판단은 1억 개쯤 있을 것이다. 그렇다면 내가 할 일은 남을 톺아보고 판단하는 게 아니다. 내가 올바르다고 믿는 행동을 하고, 그런 이후에 그저 타인의 무사함과 행복을 기원하는 것 말고는 할 수 있는 일이 없다.

나는 마음을 다잡고 그 술집을 다시 찾았다.

정말이지 가길 잘했다. 지난번과는 생판 달라졌다……가 아니라 그 술집은 변한 게 하나도 없었다. 가게 사장님이 커다란 마스크를 쓰고 이마에 송골송골 땀방울이 맺힌 채 어! 어서 오세요, 하고 씩씩하게 맞이해 주었고 소독액을 재빨리 칙칙 뿌리고…… 하지만 이번엔 그 모든 것이 반짝반짝 빛나 보였다. 술집이 잘못한 건 하나도 없는데, 이런 상황에서 제일 괴로운 건 술집일 텐데도, 근심스러운 표정 하나 없이 손님들을 평소대로 맞아주는 그 고마움에 나는 비로소 깨달았다.

그렇다, 변한 건 나다. 좋아하는 술집이 변함없이 문을 여는 건 당연한 게 아니다. 그에 고마워하고 그 세계가 사라지지 않도록 마음으로부터 비는 나. 그렇다면 적어도 내가 할 수 있는 것을…… 그래 봐야 할 수 있는 건 거의 없지만, 우선 가게를 찾는 것부터 시작해야 한다. 그리고 고마운 마음으로 예의 바르고 조용히 술을 마시자. 그렇게 결심했다.

바테이블 옆자리에 앉은 흰머리 아저씨가 장어와 마카로니를 주문했다. 어, 완전 괜찮은데? 장어에는 산초가루 빼고, 라는 말을 하는 걸 보면 단골이다. 말을 걸고 싶었지만, 지금 시국에 무리하는 건 좋지 않다. 내 선택도 꽤 괜찮다 생각하며 다시 옆자리를 보니 그 아저씨는 마카로니에 작은 비닐에 들어있는 겨자를 네 개쯤 짜서 가득 올려놓고 있었다. 오오, 호탕하군.

그렇게 서로 아무 말 없이 마시다 나가시려는지 계산해 달라던 그 아저씨가 나를 보며 "이쑤시개 좀 건네주실래요?" 하고 활짝 웃었다. 내가 건네주자 "스다치(영귤) 소주칵테일, 어때요?" 묻는다. 아, 그렇게 물으신다면! "맛있어요. 담에 꼭 드셔보세요!"라고 대답하고 "저도 다음엔 마카로니에 겨자를 듬뿍 뿌려 먹을 생각입니다"

하고 말하자 아저씨가 기쁜 듯이 웃으며 말한다. "여기 마카로니가 최고죠." 나도 열심히 끄덕이며 또 만나자고 하고 헤어졌다.

그뿐이다. 한순간에 벌어진 일이다. 하지만 나, 가슴이 뭉클해졌답니다.

내 가슴에 이 세상에 대한 신뢰가 확실하게, 물밀듯이 밀려왔다. 우리는 쭈뼛거리면서도 서로를 느끼고 공감과 관심을 가지고 식탁을 함께한 것이다. 우리는 혼자지만 혼자가 아니었다.

누구나 그렇게 느낄 수 있는 곳을, 다시 말해 혼자지만 혼자가 아니라고 느낄 수 있는 곳을, 낯선 사람들끼리 만들어 가는 게 바로 혼술이다. 이런 시대를 살아가고 있기에 더욱, 혼술은 보석과 같이 빛나는 행위가 아닐까.

비기 12 **낯선 옆 사람의 행복을 빈다, 그게 바로 혼술의 행복이다**

4장

술집 사장님에게 묻다

우리는 어떻게 보일까

자, 여기까지 열심히 떠들어 댄 '혼술의 비기 12조', 어떠셨나요.

혼술 베테랑께서 보시기엔 부족한 게 한둘이 아니겠지만 그래도 가슴을 펴고 당당히 말할 수 있는 건, 앞뒤 분간도 못 하던 왕초보가 혼술을 자연스럽게 할 수 있는 가슴 넉넉한 어른이 되겠다는 뜨거운 포부를 안고 수많은 실패를 통해 피를 철철 흘리면서 얻어낸 12조라는 사실. 그런 의미에서 이건 '복붙'도 아니고 표절도 아닌, 세계에서 단 하나뿐인 지식이다.

그러니 과거의 나처럼 혼술 데뷔를 꿈꾸는 분들에게 꼭 도움이 되고 싶다……고 자신만만하게 말하고 싶지만, 그래도 이건 어디까지나 한 사람의 손님이 생각한 일방적인 12조에 지나지 않는다.

그래서 여기서 시점을 180도 바꿔 '술집 입장에서 보는 혼술 손님'에 대해 취재해 보려 한다. 바테이블 너머에서 술집 사장님은 우리를 어떻게 보고, 웃고, 사랑하고, 혹은 눈살을 찌푸리고 계실까.

취재한 분은 내가 처음 혼술에 도전한 집이자 아담하고 분위기 좋은 오사카 덴진바시의 '술과 안주 요시무라' 사장님, 요시무라 야스마사 씨다.

지난번에는 정말 감사했습니다. 본론으로 들어갈게요. 보내드린 (이 책의 바탕이 된) **연재 기사에 대해 솔직한 감상을 좀 말씀해 주실까요?**

그 옛날의 이나가키 씨가 이렇게 변하실 줄이야. "중요한 건 돈이 아니다"라든가 "혼술을 제패하는 자, 노후를 제패한다"라든가, 정말 맞는 말씀이라고 무릎을 치며 읽고 있습니다.

정말요? 제가 써놓고 할 말은 아니지만, 억지 결론이 아니라 다행입니다!

가게를 하다 보면 말이죠, 정말로 돈이나 지위 같은 것보다 손님의 진짜배기를 들여다보게 됩니다. 회사 중역으로 고급 요릿집을 수없이 다녀봤다고 자랑하는 사람일수록 거기서 뭘 먹었고 어땠는지, 얄팍한 의견밖에 말 못 하는 사람이 꽤 있거든요. 그런데 아무런 지위도 없는 평범한 아저씨가 아주 소박한 음식을 먹으면서 "와, 이거 맛있다"라고 툭 던집니다. 가격이나 모양 그런 거 말고 진심으로 맛있다고 느끼는 걸 정말 잘 아는 거죠. 그게 진짜 어른 아니겠습니까? 그런 사람은 대체로 혼술 하러 오시는 분입니다. 술집은 사람을 어른으로 만든다는 말이 있습니다만, 술집이 아니라 혼술이 사람을 어른으로 만드는 게 아닐까요? 그래서 전 단체 손님들에게 말하곤 합니다. 다음엔 꼭 혼자 오시라고요. 혼술을 하면 인생이 바뀐다고요.

혼술을 하면 인생이 바뀐다…… 제게도 그렇게 말씀하셨죠!

진짜거든요. 전 좋은 술과 제대로 만나기만 해도 인생이 바뀐다고 믿는 편인데, 술집엔 요리도 있고, 그릇도 있고, 조명과 테이블, 벽장식도 있습니다. 그 모든 것에는 그 집의 생각이 전부 담겨있습니다. 혼자 오면 그걸 제대로 느끼게 되잖아요. 그럼 얼마든지 놀라운 발견을 하게 됩니다. 하지만 우르르 몰려와서는 아무것도 맛보지 못하고, 보지도 못하는 경우가 많아요. 옆에 앉은 사람과 우연히 대화할 일도 없고요. 혼자일 경우 바로 그 술집에서가 아니면 평생 만날 일 없는 사람을 만날 수 있고, 다양한 분야의 엄청난 이야기를 들을 수도 있습니다. 이보다 더 좋을 순 없죠.

그건 정말 그래요…… 지금 저는 그렇게 믿지만 처음에 막상 도전하려면 장애물이 높잖아요. 자의식과잉일까요? 실제로 술집 입장에서 볼 때 혼술 손님은 어떤 존재일까요?

처음 혼자 들어오시면 일단 우리도 긴장하죠. 어떤 사람일까, 우리 가게에 어떻게 오게 됐을까…….

싫어하시는 건 아니군요…….

그럴 리가요. 우리 가게처럼 자그마한 술집에 혼술 손님은 정말 고마운 존재예요. 마음에 들면 안정적으로 찾아주시고, 요일에 따라 손님 수가 달라지는 문제도 해소해 주시니까요. 계속 찾아주셨으면 하죠. 그래서 긴장하는 거고요.

서로 원하는데, 아니 서로 원하기 때문에 양쪽 다 긴장한다는 거군요…….

그래서 아무 거라도 뭔가 힌트를 주셨으면 합니다. 어떻게 우리 가게를 찾게 됐는지. 한 마디로도 충분해요. 우연히 지나가다 분위기가 좋아서 찾았다든가, 사케에 흥미가 있어서 왔다든가, 지인이 소개했다든가, 출장 차 왔다가 한잔 하러 들렀다든가…… 그걸 알면 그 손님에게 맞는 걸 추천하고 설명할 수가 있으니까요. 손님께서도 더 잘 즐길 수 있을 겁니다.

그렇군요. 나만 긴장하는 줄 알았는데 내가 술집 사장님의 긴장을 풀어드릴 수 있다고 생각하면 용기 내 대화할 수 있겠네요.

몸에서 힘을 빼셔도 됩니다. 진심에서 나온 한두 마디 던져주시는 걸로 충분하거든요. 그다음은 저희가 할 일이죠.

환영해 주신다고 생각하니 마음이 든든합니다만, 그래도 처음 혼술을 할 때 할 일이 아무것도 없으면 쓸쓸하고 또 몸에 자꾸 힘이 들어가 포기하고 싶어집니다.

당연한 거 아닌가요? 하지만 좌절하고 포기하기엔 너무 아깝잖아요. 제가 권하고 싶은 방법은, 처음엔 잘 안 되더라도 조금이라도 괜찮다 싶은 부분이 있는 술집이 있으면 그곳에 한 번 더 가보는 겁니다.

두 번째로요! 와…… 초심자 입장에서는 같은 술집에 두 번 가는 게 좀 부끄러워요. 친하지도 않은데 너무 허물없이 구는 것 같기도 하고, 이 사람 넉살도 좋아, 그렇게 생각하지나 않을까 싶기도 하고…….

그 기분을 모르는 건 아닌데, 술집 입장에서는 두 번째 와주는 손님이 반갑지 않을 수 없어요. 아, 맘에 들어 다시 와주셨구나 싶어서.

그런가요! 좀 더 빨리 알았으면 좋았을 것을.

부끄러운 게 뭐 어때서요. 두근거리면서 바테이블에 앉았을 때 "또 와주셔서 고맙습니다"라는 말을 들으면 기쁘지 않나요? 그 차이를 즐기면 되는 거잖아요. 술집 입장에서는 처음에 차가운 술을 마셨으면 두 번째는 따뜻한 술도 마셔보고, 깊이 있게 이런저런 즐거움을 발견하시기를 바라죠. 그게 마음에 들어 세 번째도 오셨으면 하고요. 그렇게만 되면 완전 단골이죠. 술집 하나를 평정한 겁니다. 그렇게 되면 자신감을 가지고 다른 술집도 도전하실 수 있을 겁니다.

아, 그렇군요! 그리고 또 꼭 알고 싶은 건, 술집에서 어떻게 행동해야 하는지에 관한 겁니다. 가게 입장에서 이런 손님은 좀 곤란하다 싶은 경우가 있나요?

곤란하다기보다 갑자기 스마트폰으로 게임하는 손님. 그러면 가게 입장에서는 철벽 치는구나 싶을 수밖에요. 그 손님이 어떤 사람인지, 어떻게 우리 집에 와주셨는지 알지 못하고 끝나니까요. 결국 그런 분은 다시는 안 오세요. 그야 그렇겠죠. 배야 부르겠지만 재미는 없을 테니까요. 술집의 좋은 점은 역시 즐거움 아닐까요? 계산하고 "맛있었어요" 하고 말하는 손님은 의외로 잘 안 찾아오지만 "즐거웠습니다" 하는 손님은 꼭 다시 찾아줍니다. 그러니까 만약 정말로 즐기고 싶은데 서먹해서 스마트폰을 만지는 거라면 적어도 첫 술과 안주가 나올 때까지만이라도 꾹 참는 게 좋습니다.

확실히 요즘, 자리에 앉자마자 스마트폰을 바테이블에 놓고 동영상 보는 사람이 꽤 많더라고요. 그러면 분위기가 안 좋아지니까 정작 그 사람도 안됐죠. 그러지 않아도 된다고 말해주고 싶은데 철벽이 무서워서 말도 못 하고.

그런가 하면 거리가 너무 가까워도 좀 그렇습니다. 잘 모르는 사람끼리 기분 좋게 마시려면 적당한 거리감이 중요해요. 어떤 업계에서 일하는지 정도야 물어도 좋지만, 어느 회사에 다니는지 꼬치꼬치 캐물으면 안 되죠. 정치 얘기를 꺼내거나, 마시기 싫어하는 술을 억지로 사는 것도 그렇고요. 약간만 배려하면 되는 거죠. 그런 분들한테는 저희가 에둘러 말하긴 합니다만.

그럼 반대로 '이상적인 혼술'이라는 게 있을까요?

가게 문을 연 지 얼마 안 됐을 때, 훌쩍 들어와서 훌쩍 집에 가는 여자 손님이 계셨는데 멋있다고 다들 동경했죠. 술꾼이란 원래 흥이 나면 한 잔만 더 하자면서 점점 주량이 늘어나기 마련인데 그런 게 전혀 없었어요. 시간 되면 집에 가겠다면서 일어나요. 그리고 일주일에 한 번 와주시는, 남의 말을 잘 들어주는 분도 고마운 손님이죠. 이분도 여성인데 서로 얘기를 들어달라 청하는 팬이 아주 많아요.

얼른 자리에서 일어나고, 사람 말을 잘 들어준다고요. 둘 다 쉬워 보여도 사실은 참 어렵죠.

그런 분은 좀 특별한 사람이고요, 그냥 어렵게 생각하지 말고 진짜 우리 집이 마음에 들어서 마음 편히 들어와서 즐겁게 보내시면 됩니다.

최근 들어 더 절실히 느낀 건데, 코로나로 다들 힘들었기에 '혼술'

이 더욱 중요해진 게 아닐까요? 혼술 할 수 있는 사람이라는 건 집과 회사 말고도 설 자리가 있는 사람들입니다. 원격근무로 출근하지 않는다고 해서 집과 편의점 말고는 갈 데가 없다는 건 좀 쓸쓸하지 않습니까. 진심으로 믿을 수 있는 술집, 안심하고 편히 있을 수 있는 가게가 있고 없고는 인생이 완전히 다를 겁니다. 그런 곳은 인터넷으로 본 유명한 집이나 예약으로 꽉 찬 집을 아무리 쫓아다녀도 못 찾을 거예요. 혼자 마시면서 돈이나 정보, 그런 거 말고 진짜 자기를 마주하고, 술집과 마주하고, 상하 관계없이 옆 사람과 마주하는 거죠. 그런 걸 해본 적 없는 분들이 의외로 많더라고요. 그러니 용기를 내서 꼭 도전해 보시길 바랍니다.

(2020년 11월, '요시무라'에서)

'요시무라' 씨는 거동이 수상하기 짝이 없던 내 '첫 혼술'을 의연하게 받아주신, 내가 하늘 같은 은혜를 입은 가게 사장님이다. 벌써 10년도 넘은 얘기다.

취재를 위해서라지만, 향수가 느껴지는 그 방문에 오히려 내가 더 들떠있었던 것 같다.

다행이라고 할지, 코로나를 겪으면서도 그 집은 이전과 전혀 달라진 데가 없었다. 취재 전날 가게에서 혼술을 했는데 부부가 마스크를 쓰고 바테이블에는 비말 감염을 방지하기 위한 아크릴판이 놓여있었지만, 그 사실조차 잊어버릴 만큼 따스하고 자연스러운 환대, 안심과 신뢰 속에서 손님 모두가 편안히 보냈다.

그래서 다시 한번 느꼈잖겠습니까, 여긴 정말 굉장한 곳이라고.

집도 아니고 회사도 아니고, 혈연관계도 이해관계도 없는, 하지만 서로가 서로를 적당히 받아주는 곳. 언제 가도 누군가가 있고, 일과 가족에 대한 푸념과 넋두리를 웃으며 받아주는 곳. 인생의 풍성함을 결정하는 건 돈도 명예도 지위도 아니라, 이런 부드러운 '제3의 장소'가 있고 없고에 달린 게 아닐까.

생각해 보면 세상이 불편하고 너나 할 것 없이 가난해서 이웃들이 서로 돕고 살던 시절에는 모두 그런 곳을 갖고 있었을 것이다. 아니, 그런 곳 없이 사람은 살아갈 수 없었을지도 모른다.

하지만 세상이 풍요로워지면서 우리는 돈으로 뭐든지 살 수 있다고 믿게 되었다. 반대로 돈이 없으면 아무것도 할 수 없다고 생각하게 되었고. 세계를 돈 버는 곳과 돈 쓰는 곳으로 양분하면서 우리에게 풍성함을 안겨주는 그런 곳은 점점 더 사라져 버리고 이제는 품귀 현상이 일어나고 말았다.

하지만 무슨 일이 일어날지 알 수 없는 것이 세상이다. 돈으로도 어쩔 수 없는 일이 얼마든지 벌어질 수 있다. 산다는 건 그런 것이다. 그래서 서로 돕고 사는 것이다. 약하디약한 인간으로서, 서로 인정하고 용서하고 돕는다. 돈으로는 그런 걸 살 수 없다. 그러니 모두가 함께 지키고 키워야 한다. 혼술은 그 첫걸음이다. 자기 스스로 자신의 설 자리를 만든다는 것, 그건 다른 누군가의 설 자리를 만드는 일이기도 하다.

코로나로 연재를 중단할까 망설인 적도 있지만, 그럴 필요가 없었다. 오히려 이런 시국이기에 혼술이 절실하게 필요하기 때문이다.

5장

혼술, 한 발 더!

단골을 권함

혼술 수행을 시작했을 무렵, 너무나 무서워 그만 아는 술집에 가고 싶어지는 내가 있었다. ……이런, 처음 찾은 술집에서도 기분 좋게 지낼 수 있어야 혼술 자격이 있는 거 아닌가! 그렇게 스스로를 설득하고 비장한 각오로 "이리 오너라!" 하는 마음으로 보이는 술집마다 문을 두드렸다는 얘기는 이미 앞에서 썼다. 그 도장 깨기 같은 괴로운 수행 덕에 지금의 내가 있는 것도 사실이다.

그런데 여기서 반전.

지금의 나는 그때처럼 가보지 않은 술집에 가는 일이 확 줄었다.

물론 여행지에서라면 얘기가 다르다. 느낌 좋은 가게를 찾아 훌쩍 들어가서는 수행의 성과를 충분히 발휘해 유쾌한 시간을 보낸다. '노력은 배신하지 않는다'는 말을 실감하는 행복한 순간이다.

하지만 평소에 노렌을 걷고 들어가는 건 "아, 어서 오세요" 하고 인사해 주는 단골집뿐이다. 특히 지금은 코로나 시국이라 걸어갈 수 있는 동네 술집 네 군데 정도를 돌고 있는데, 가게 사장님과는 눈빛으로 '잘 버텨봅시다' 하고 서로를 응원하고 기분 좋게 먹고 마신 후 얼른 나오는 그런 나날이다.

그렇다고 해서 결코 소극적으로 변했다거나 게으름을 피우게 된 건 아니다.

그냥 난, 알아버린 것이다.

혼술을 할 수 있게 되면 분명 인생이 행복해질 것이다. 처음엔 그렇게 생각했다. 그리고 그건 진실이다. 하지만 그다음, 더욱 놀랄 만한 행복으로 이어지는 문이 존재했다.

그 문을 여는 조건은 단 하나. '단골'이 될 것.

그걸 깨닫게 된 계기는 수행 중에 느꼈던 약간의 위화감에 있다.

이 책에서도 몇 번 썼지만 술집에서 기분 좋게 보낼 수 있을지 여부는 술집 사장님이 나에게 호감을 느끼느냐 마느냐가 90퍼센트를 차지한다. 그러기 위해서는 감사의 마음을 제대로 된 타이밍에 제대로 된 말로 전해야 한다는 걸 깨달은 난, 계산할 때에도 정신 바짝 차리고 "맛있었습니다", "이 집 좋네요!" 하고 진심으로 한마디 덧붙이는 걸 잊지 않았다. 나도 참 기특하기는.

물론 "고맙습니다"라는 대답이 돌아온다.

다만 1퍼센트 부족하다. 매번 그 대화 다음에 생기는 미묘한 침묵. 이건 대체…… 하고 생각하다가 어느 날 번뜩였다. 그래, 이거야. 마지막 한 마디가 부족했던 거야.

"잘 먹었습니다, 또 올게요!"

그러면 가게 사장님은 조금 긴장한 표정으로 "잘 부탁드립니다" 하고 말씀하시는 거다. 음, 됐어! 무척 안정된 기분.

그리고 이 대화가 차츰 정착되게 되었다.

물론 말을 했으면 실행에 옮겨야지. 마음에 든 술집에는 두 번이고 세 번이고 찾아갔다……고 쉽게 썼지만, 이게 전혀 쉬운 일이 아니다. 우물쭈물댄다. 무엇보다 어색하다. 인간관계가 희박해진 요즘 시대에 여러 번 같은 술집을 찾는 건 너무 허물없이 구는 것만 같다. 치근덕거리는 사람이라고 생각하면 어쩌지? 마치 스토커가 된 기분이었다.

하지만요, 나, 지지 않았습니다요! 술집 사장님이 잘 부탁한다고 분명 말했으니까. 물론 인사치레일 가능성도 있지만 말할 때의 그 표정, 은근한 그 미소. 그래, 환영까지는 아니더라도 미운털이 박힌 건 분명 아닐 거야…… 하고 스스로를 위로하면서 필사적인 기분으로 다시 찾는다. 하지만 역시나 서먹서먹하다. 처음 갔을 땐 없었던, 서로 적당한 거리를 재보려는 미묘한 긴장감이 흐른다. 하지만 이때가 인내심을 발휘할 때. 서먹서먹한 마음이 가시지 않는다면 웃으며 시원하게 마시고 시원하게 일어나면 된다. 그러면 바람과 같은 상쾌한 인상을 남길 것이라고 위로하며 남몰래 노력을 착실히 쌓아가던 어느 날, 갑자기 기적이 일어났다.

평소처럼 술집에 가서 평소처럼 데운 술과 나물 간장 무침을 주문하고 유유자적 마시고 있는데 사장님이 자그마한 그릇에 놓인, 주문하지도 않은 안주를 눈앞에 쓰윽 내밀며 "서비스요" 하고 활짝 웃는 게 아닌가.

어! 내 인생에 이런 일이!

다른 술집에서도 그런 기적이 연달아 일어났다.

소중히 간직했던 사케를 마셔보지 않겠냐며 몰래 한 잔 따라준다.

술집 사장님이 다른 손님에게 "이분은 말이죠, 진짜 술을 멋지게 마셔요~" 하고 내 자랑을 한다.

와와와, 이건 뭡니까, 대체? 특별 손님 취급이라뇨? 치근덕대는 손님이 아니라 완전 식구 취급이잖아. 딱히 내가 무언가를 한 것도 아니었다. 때때로 찾아와서는 몇천 엔 지불하고 즐거운 마음으로 취해 집으로 돌아갔을 뿐. 그런데 나는 그냥 손님에서 특별한 손님으로 변신했다. 마치 내 자리만 보이지 않는 왕좌로 바뀐 듯하다. 그렇다, 그런 게 있다는 걸 상상조차 하지 못했던 '제2의 문'이 갑자기 불꽃 터지듯 여기저기서 열리기 시작했다.

으음, 이런 거구나. 바로 이런 걸 '단골'이라고 하는 거 아닐까?

사실 나는 '단골'이라는 존재에 좋지 않은 인상을 계속 품었었다. 가게를 사유화하고 다른 손님의 심기를 불편하게 하는 무리들. 배타적이고 방자한 사람들. 그런 식으로 느끼는 건 꼭 나만은 아닌 듯, 맛집 사이트에는 "단골로 득실거려 불편했다"는 댓글이 꽤 보인다.

하지만 막상 내가 이렇게 '단골' 인증을 받아보니, 그건 단지 단편적인 인상일 뿐이었음을 깨달았다.

단골이란 그야말로 가게에 정기적으로 오는 사람들을 말한다. 그것뿐이지만, 그것만으로도 가게 입장에서는 무척 소중한 존재일 것이다. 자고로 음식점이라는 것이 문을 열고 아무리 열심히 준비해서 기다린다 한들 손님이 올지 말지는 항상 불투명하다. 그러니 안정적으로 찾아와 주는 단골은 가게의 자산이 아닐 수 없다. 그래서 내가 '특별한 손님'이 된 것이다.

그렇게 생각하면 단골이란 그 가게를 받쳐주는 지지대라고도 할 수 있다. 아, 그렇구나. 그러고 보니 내가 엄청 좋아하는 텔레비전 프로그램 <술집 방랑기(酒場放浪記)>에서 요시다 루이 씨는 여행지에서 처음 들어간 가게의 단골을 깍듯이 '단골손님'이라고 부르며 경의를 표하고 먼저 인사를 건넸지. 루이 씨답다. 내가 여행지에서 좋은 술집을 만날 수 있는 것도 다 '단골손님'이 계신 덕분이다. 단골이 그 집을 자주 다녀주지 않는다면 그런 좋은 가게가 살아남을 수 없으니까. "단골이 많아서 왕짜증"이니, 그런 댓글을 달 때가 아니다.

나는 그렇게 같은 술집을 여러 번 다니는 도전을 한 덕에 특별한 손님이 된 것이고, 일단 그렇게 되고 보니 그 제2의 문 저편에는 기적의 세계가 있다는 것을 태어나서 처음 알게 되었다.

한 마디로 말해서 언제 가더라도 정성을 다한 '대접'을 받는다는 뜻이다. 예를 들어 다른 손님이 주문한 게 '맛있겠다' 싶어 물끄러미 보고 있노라면 "맛 좀 보실래요?" 하고 한 입 내주기도 하고, 꽤 많이 마신 날에는 메뉴에도 없는 '된장국'을 쑥 내밀기도 하고, 다른 단골이 갖고 온 선물을 나눠주기도 하고…… 다시 말해 내가 "와아!" 하고 기뻐할 만한 것들만 골라 해주는 것이다.

이렇게 되면 이제 '술집'이라기보다는 '집'에 가깝지 않을까? 혼자 사는 내게, 그것도 이 나이에, 따뜻한 가족이 여기저기 생겨난 것이다. 이런 세계가 있다는 것을 나는 전혀 몰랐다. 이런 정보는 인터넷으로 아무리 검색해도, AI한테 물어봐도 그 어느 곳에서도 찾을 수 없다. 당연하다. 이건 보통 손님의 세계, 다시 말해 돈을 내면 얻을 수 있는 세계가 아니니까. 어느 정도 시간을 들여 조금씩 신뢰를 쌓아간 그 너머에서, 비로소 제2의 문이 열리는 것이다. 이게 바로 현대에 남아있는 비경이자 무릉도원일지도 모른다.

그리고 또 하나, 단골이 되는 데에는 중대한 의미가 있다.

이런 극진한 대접을 받으면 나 같은 이기적이기 짝이 없는 인간조차 따스한 마음을 받은 만큼 돌려주고 싶다는 마음이 들기 마련이다. 마음을 받으면 받을수록 뭔가 해줄 수 있는 게 없을까 고민하게 된다.

예를 들면 이런 식으로.

우선 가게에서의 태도. 옆에 앉은 낯선 손님이 다음에도 또 와주기를 바라는 마음에, 좋은 가게다 싶은 생각이 들 수 있도록 얌전히, 그러면서도 좋은 인상을 주기 위해 온 힘을 기울인다. 얘기를 할 땐 대화 속에 그 집 칭찬을 자연스럽게 섞는다. 또 가급적 손님이 없는 시간대에 찾아가고, 붐비기 시작하면 얼른 자리를 뜬다.

주문은 바쁘지 않을 때를 골라 스마트하게 한다. 그리고 오늘의 추천 메뉴를 주문한다(추천 메뉴에는 여러 가지 사정이 담겨있는 법이니까).

영업 활동도 열심히 한다. 친구가 오면 반드시 데리고 가서 그 집 선전을 하고, 무엇보다 그 집에 정기적으로 얼굴을 내민다…… 등등. 이렇게 되면 사고방식이 거의 '점원' 수준이다. 무슨 일이 있어도 단골이라고 과잉 서비스를 요구하거나 방약무인한 태도를 취하거나 자주 오니까 깎아달라고 투정을 부리는 건 있을 수 없는 일이다. 당연하다. 나의 소중한 설 자리니까. 그 집이 계속 잘되어야만 내 인생이 풍성해지니까. 그렇다면 중심은 내가 아니라 가게라 생각하고 행동하는 게 당연하지 않겠는가.

이런 태도가 몸에 배면, 혼술뿐만 아니라 인생의 모든 국면에서 이러한 마음가짐과 행동이 마법을 일으킨다는 걸 깨닫는다. 누구든 자기를 배려해 주는 사람을 소중하게 여기고 싶어 한다. 결국, 내가 소중하다면 상대방도 소중히 하자는 말이다.

너무나 당연한 말이지만.

하지만 이 나이 먹도록, 이 '단골 체험'을 할 때까지 이런 마음가짐으로 행동한 적이 거의 없었던 것 같다. 아니, 외려 반대되는 행동만 했었다. 적은 돈으로 좀 더 많은 서비스를 받는 게 '이득'이고 '현명한 소비'라고 생각했다. 상대방의 이득은 나의 손해이고, 내 이득은 상대방의 손해라고. 그건 나뿐만 아니라 이제 세상의 상식이 되어버렸는지도 모른다. 하지만 그런 짓을 하다 보면 자기가 이득을 본 만큼 상대방이 점점 더 피폐해지면서 좋은 가게도 망하고 말 것이다. 그게 무슨 소용이란 말인가. 한쪽만 일방적으로 이득을 봐선 안 된다. 상대방이 소중하다면 오히려 상대방이 좀 더 이득을 보도록 행동하는 게 딱 알맞다. 막상 해보면 그리 큰돈을 잃는 것도 아니다. 중요한 건 돈이 아닌 약간의 배려와 행동이다.

아마도 상대방 역시 같은 생각일 것이다. 서로가 서로에게 '약간의 이득'이 되게 행동한다. 그럼 결국 서로가 이득을 보게 되니까.

이게 바로 세상의 기적 아니고 뭘까.

술집 고르기에 실패하지 않는다?

혼술의 즐거움과 효능을 떠벌리고 다니다 보니 이 고독한 시대에 '혼자 식사할 곳'이 마땅치 않은 분들이 생각보다 많은지, 열심히 들어주시는 경우가 많다. 나도 한번 해볼까, 하고. 그리고 그다음으로 이어지는 정해진 대사가 이거다.

"술집 좀 추천해 주세요!"

그 마음은 알겠다.

나 역시 알려주고 싶다. 뭐니 뭐니 해도 장애물이 높은 혼술이니 안심할 수 있는 술집에서 시작하고 싶은 법. 게다가 내가 좋아하는 술집 선전도 되고. 만약 "이나가키 씨한테 듣고 왔어요!"라며 여러 사람이 찾아가면 나, VIP 대우를 받고 술 한 잔 공짜로 얻어먹을 수 있을지도…… 우후후. 아, 그렇지, 모처럼 내는 책에도 '혼술 하시려면 우선 여기로 가보세요!' 같은, 저자가 추천하는 최고의 술집 리스트를 실어볼까? 그러면 책도 더 잘 팔릴 것 같고!

……으으음.

하지만 장고 끝에 그건 하지 않기로 했다.

결코 무료 방출이 아까워서가 아니다. 그러면 이 책에서 내가 정말 말하고자 했던 것, 다시 말해 '혼술을 할 수 있게 되면 인생에 두려울 게 하나도 없다!'는, 이런 불안한 시대에는 도무지 있을 법하지 않은 무적의 경지에 이를 수 있는 사람이 아주 확실히 줄어들 게 뻔하니까.

구체적으로 얘기해 보자.

첫째.

초심자도 즐길 수 있는 추천 술집을 알게 되어 당신이 당장 그곳을 찾았다고 하자.

내가 몸 바쳐 개척한 술집이니 사장님도 친절하고 편안할 게 분명하다. 물론 술과 요리도 최고고! 푹 빠져서 단골이 될지도 모른다. 그건 그 나름 멋진 일이다.

하지만 그것만으로는 안 된다. 거기서 만족하면 아쉽게도 당신은 도저히 '혼술을 할 수 있게 되었다'고는 할 수 없다.

혼술의 묘미는 무엇보다, 기댈 수 있는 게 아무것도 없는 낯선 상황 속에서 고독과 마주하는 것이다. 혼자서는 아무것도 할 수 없는 자신의 무력함과 당혹감을 느껴보는 것이다. 뭐든 할 수 있다고 잘난 척했었는데 사실은 돈과 지위에만 기대며 살아왔을 뿐이라고 경악하는 일이다. 한심한 자신을 마주하는 건 벌거벗은 자신을 마주하는 것이니까.

그런 체험을 과연 인생에서 얼마나 자주 할 수 있을까?

그건 보고 싶지 않았던 진짜 나다. 그럼에도 불구하고 그걸 똑바로 바라본다. 싫지만 바라본다. 무섭지만 바라본다. 그건 아마도 엄청나게 의미 있는 일일 것이다. 왜냐하면 누구도 나 자신에게서는 도망칠 수 없으니까. 그런 나를 직시하고 어떻게 할지 진지하게 고민한다. 그래야 비로소 인생이 열린다.

그건 '추천 술집'에 기대서는 결코 할 수 없는 체험이다.

현실에 안주해서는 수행을 할 수 없다. 초심자는 초심자대로 열심히 술집을 골라 굳게 마음먹고 안으로 들어간 후 두근대는 마음으로 얼어붙은 분위기 속에 자신을 던져놓고 그런 분위기를 어떻게든 개선해 보고자 바둥대고 노력하는…… 으윽, 생각난다. 내 인생 역시 등줄기가 서늘해지는 그런 체험을 통해 확실하게 열린 것이다.

죽을 각오로 덤벼야 성공한다는 그 속담.

그 귀중한 기회를 내가 뺏을 수는 없다.

그리고 또 하나, 중요한 점이 있다.

이는 혼술에 한한 얘기가 아니지만, 정보가 넘쳐나는 이 시대에는 다들 무엇이든 '정보 수집이 성공의 열쇠'라고 믿는 구석이 있다. 다시 말해 혼술을 하더라도 올바른 정보를 모으고 술집을 제대로 고르는 게 무엇보다 중요하다고 믿는다. 그것은 곧, 좋은 시간을 보내지 못하면 술집을 잘못 골랐기 때문이라고 생각한다는 뜻이다.

그래서 많은 사람들이 내게 일단 추천 술집을 묻는 게 아닐까?

그 마음, 나도 잘 안다. 진짜다! 나 역시 오랫동안 그래왔으니까. 혼술은 말할 것도 없고, 먹고 마시는 걸 무척 좋아하는 편이라 책과 잡지와 입소문과 인터넷으로 끊임없이 '맛집 정보'를 찾아다녔다. 그 적지 않은 노력의 결과 수많은 맛집을 알게 되었고 기분 좋게 먹고 마시며 즐겁게 살았다.

하지만 혼술을 할 수 있게 된 지금, 그건 정말 자유롭지 못하고 '재미없는' 행위라고 생각한다.

우선 모두가 좋다 싶은 가게에 가서 '좋다!'고 느끼는 건 너무나 당연하다. 정답을 알고 있는 퀴즈를 맞히는 것과 같다. 하지만 그게 나에게 큰 가치가 있을까. 그 증거로 그곳에는 진짜 만족이 있는 것 같으면서도 없다. 모처럼 맛집을 발견했는데도 다음 맛집 정보를 늘 찾아다녀야만 하는 것이다. 언제까지고 아직 찾지 못한 '정말 멋진 맛집'이 내 눈앞에 나타나기를 기다린다. 다시 말해 영원한 불만과 부족함을 안고 사는 것과 같다. 이건 대체 뭐지?

생각해 보면 정보란 원래 그런 성질을 갖고 있는지도 모른다. 끊임없이 생성되는 새로운 정보에 모두가 끊임없이 달려든다면 그건 아마 누군가의 부의 원천이 될 것이다. 거기에 빠져들어 가면 어느새 정보 의존증이 생겨 인생의 귀중한 돈과 시간과 에너지를 그 누군가에게 전부 뺏기며 살아가야 한다.

하지만 지금의 나는 다르다!

뒤돌아보니 맛집 정보를 찾지 않은 지가 몇 년이나 지났다. 그럴 필요가 없으니까. 어디를 가나 좋은 집이 눈앞에 넘쳐나니까. 인터넷으로 '숨은 맛집' 따위를 검색하지 않더라도 언제든 어디서든 내가 가는 곳에는 '숨은 맛집'이 모습을 드러내니까.

내게는 혼술이라는 최강의 무기가 있다.

혼자서 낯선 술집에 훌쩍 들어가더라도 그 집에 자연히 녹아들어 가 좋은 시간을 보낼 수 있다면, 다 훌륭한 맛집이다. 진짜로 중요한 건 맛집 고르기가 아니다. 중요한 건 나 자신의 행동거지다. 손님으로서의 태도다. 내 태도 하나로 어떤 집이든 천국이 되기도, 지옥이 되기도 한다. 그건 바로 나 자신이 보물섬이라는 말이기도 하다. 개척할 보람이 있는 금광 말이다.

내 안의 금광을 발견할 수 있다면 영원한 안심과 만족이 따라온다. 내게는 부족한 게 하나도 없다고 진심으로 믿을 수 있다.

중요한 건 맛집 발굴이 아니라 나 자신의 발굴이다.

그 위대한 발굴 작업이, 곧 혼술 수행인 것이다.

이렇게 해서 나는 맛집을 찾기 위한 책과 잡지와 인터넷 검색에서 완전히 손을 씻었다. 이런 건 내 인생에 처음 있는 일이지만 막상 해보니 시간과 에너지가 남아돌고 스트레스도 사라졌다. 최고다. 지금까지 얼마나 '환상의 맛집'을 찾기 위해 시간과 에너지를 뺏기고 한없는 초조함과 스트레스를 안고 살았는지. 지금은 남은 에너지로 두근대며 내 발로 가게를 찾고 비록 그 어떤 희귀한 가게라도, 까다로운 가게라도 그곳을 단골 맛집으로 바꾸려고 손님으로서 온 힘을 다한다. 그건 정해지지 않은 일상의 모험이자 오락이며, 지칠 줄 모르는 수행이다.

……이런 경지에 다다르면 눈앞의 모든 것들이 반짝반짝 빛난다. 좋은 것이든 나쁜 것이든 다 사랑스럽게 여겨진다. 나 역시 혼술을 처음 시작했을 때 이런 세계가 기다리고 있을 줄은 몰랐다. 하지만 이건 있는 그대로의 진실이다.

추천 맛집 리스트를 실으면 잃을 게 너무 많다고 판단한 이유, 이제 이해해 주실 수 있을까? 이 책을 베스트셀러의 반열에 올려놓기를 울며 겨자 먹기로 포기한 내 친절한 마음을 헤아려 주신다면 정말 고맙겠다.

집술 vs 밖술

코로나 영향으로 집에서 마시는 사람이 늘었다고 한다. 그야 그럴 테지. 급속도로 감염이 확대되는 원흉이 술집이라며 야간에 영업하는 집을 단속하는 움직임까지 보이고 있으니…… 밖술을 주저하는 것도 당연하다.

그렇다면 집에서 마실 수밖에.

하지만 개인적으로 집술은 그런 소극적인 선택의 결과이거나 차선책으로 하는 게 아니라고 생각한다.

집술은 나를 알아가는 여정이다. 검을 수행할 때 목검을 휘두르는 것과 같다. 다시 말해 일상 속 단련이랄까. 그런 축적을 통해 진검승부(=밖술)에 도전하더라도, 그야 물론 멋지게 이길 수 없을지도 모르지만, 기본을 갖춰야 적어도 단칼에 쓰러져 즉사하는 일은 피할 (수 있을지도 모른다는) 것이다.

무엇보다 집에서 마시려면 무슨 술을 고르고 무슨 안주를 고를지, 선택할 게 무한대로 많다. 그건 무에서 시작해야 한다는 말. 그리고 결과는 스스로 책임져야 한다. 술도 안주도 별로인 저녁 술상을 앞에 두고 가게가 별로여서, 메뉴가 꽝이어서, 요리하는 사람이 센스가 없어서, 경영 태도가 영 아니올시다여서, 이렇게 비난할 수 없다. 전부 다 내 탓이다.

그게 바로 집술의 묘미다.

실패를 거듭하면서 집술을 진지하게 하다 보면 내가 진짜로 무엇을 좋아하는지 조금씩 알아가게 된다.

술집이 아니기 때문에 선택지가 무한하다고 하지만 실제로 할 수 있는 건 제한적이다. 다양한 종류의 술을 다 갖추지도 못하고 준비하는 데 몇 시간이 드는 안주를 만드는 것도 보통은 불가능하다. 그렇다면 결국 무리하지 않는, 지속 가능한, 심플한 술상을 추구하게 된다. 밖술이 잔칫날 술상이라고 하면, 집술은 평소의 술상. 평소란 일상적이고 허영심도 체면도 다 내려놓은, 수수한 진짜배기 자신이다. 술집에 가서는 '환상의 명주'와 '어느 나라 식 무엇' 같은 술안주를 흥분해서 먹고 마시더라도, 실은 태운 달걀프라이에 소스 뿌린 안주에다 캔 맥주 마시는 걸 제일 좋아하기도 한다는 사실을 깨닫게 되는 게 바로 집술이다. 그런 나를 알게 되면 술집을 고르는 것도 달라진다. 반짝반짝 빛이 나는 유명 술집에 자꾸 흔들렸던 자신이 실은 흔한 전통 주점에서 졸인 두부에 소맥 마시는 걸 제일 좋아한다는 걸 깨닫는다.

게다가 그런 술집에 가면 이런 나와 '비슷한 사람'이 많다.

솔직히 음식 취향이 비슷한 사람은 뭐랄까, 진심으로 안심할 수 있는 친구다. 그러니 집술을 진지하게 하다 보면 마음 맞는 친구들이 모인, 마음 편한 곳을 찾을 확률이 높아진다. 그런 술집은 아무리 정보를 뒤져도 발견할 수 없다. 먼저 나 자신을 알지 못한다면 진정한 뜻에서 다른 누구와도 이어질 수 없으니까.

그래서 지금이야말로 집술을 할 절호의 기회라고 나는 생각한다.

……이렇게 말하고 보니 그럼 넌 어떠냐고 물어보실 것만 같군요. 그 질문, 기다렸습니다. 제 집술에 대해 드디어 자랑할 때가 됐군요.

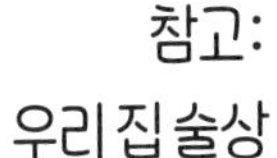

술

술은 오로지 사케. 그것도 따뜻한 것만 마신다.

그야 나도 옛날에는 안 가리고 마셨다. 맥주, 와인, 셰리와인, 소주, 사오싱주…… 기타 등등. 하지만 그런 역사를 거쳐 결국 하나의 결론에 도달한 게 따뜻한 술이다.

이유야 여럿 있지만, 하나만 고르라면 지금의 내게는 이게 가장, 너무나 맛있다. 다른 술도 좋아하지만 따뜻한 술을 너무 좋아한 나머지 다른 데까지 손댈 겨를이 없다.

무엇보다 몸에 잘 받는다. 마음도 몸도 따뜻하게 풀어지면서, 술이 과해도 술기운이 다음 날까지 남지 않는다. 생각해 보면 그게 바로 '맛있다'는 것의 본질 아닐까. 아무리 깔끔하고 좋은 술이라도 다음 날 거울을 보니 레이코(일본 서양 화가 기시다 류세이가 그린 딸의 초상화 –옮긴이)처럼 얼굴이 부어있다거나 심한 숙취로 인생의 귀중한 하루가 소멸해 버린다면, 그건 맛있고 없고를 떠나 큰 문제라고 생각할 만큼 나이가 들어버렸다. 실제로 그런 술은 이제 맛있다는 생각도 들지 않는다. 결국엔 마음 편한 술, 익숙한 술이 제일 맛있다.

실은 이것도 진지하게 집술을 하면서 깨달은 결론이다. 밖에서 거하게 마시다 보면 어김없이 숙취가 찾아오니, 원래 마시면 숙취로 괴로운 법이라고 여겼다. 하지만 집술은 내 속도에 맞춰 마실 수 있으니 방법에 따라서는 숙취로 괴로워하지 않아도 된다는 사실을 알게 된다. 어찌 보면 당연한 얘기지만, 인생이란 혼자가 되었을 때에야 비로소 당연한 것들이 보이는 법이다.

게다가 술안주를 마음대로 정할 수 있다는 것도 커다란 장점이다.

세상 사람들이 크게 오해하는 게 있는데, 사케에는 일본 요리, 그리고 따뜻한 술은 겨울에…… 이렇게 믿고들 있다. 하지만 절대 그렇지 않다. 따뜻한 술은 카레든 돈가스든 이탈리안 요리든 중화요리든, 아니면 치즈든 디저트든 뭐든지 다 잘 맞는다. 무척 품이 넉넉한 술이다. 그래서 난 데우면 더 맛있어지는 술 두 됫병을 부엌에 상비해 두고 있다. 이것만 있으면 '어떤 음식이든 다 덤벼' 이런 느낌이랄까. 상온에서 보관할 수 있는 술들이라 더욱 좋다. 아니, 상온에 보관해야 더 맛있게 변하기도 한다. 으하하하. 세상에 잘 안

알려진 사실이긴 하지만. 진지하게 집술을 하다 보면 이런 것들도 알게 된다.

아쉬운 점이라면, 일본에는 1,400곳 넘는 사케 양조장이 있는데 찬 술의 인기가 세상을 평정한 지금, 뜨겁게 데웠을 때 더 맛있는 술을 만들어 주는 양조장이 극히 드물다는 사실. 사케라면 가리지 않고 마시는 편도 아니고 해서, 꼭 믿을 수 있는 양조장에 주문해 마신다.

이 '주류판매점과의 만남'도 집술의 묘미 중 하나다. 주류판매점 중에서도 진짜 프로는 거래처 양조장이 그해 만든 사케를 일일이 맛보고 손님 취향을 파악한 다음 추천 사케를 콕 집어 골라준다는 사실. AI도 저리 가라 할 만큼 사람과 술을 절묘하게 이어주는 곳이라는 걸 난 집술을 하면서 처음 알았다. 그런 대단한 주류판매점을 어떻게 알았느냐 하면, 믿을 수 있는 술집이 알려주었기 때문. 집술과 밖술이 링크되면서 식생활이 향상되는 좋은 예라고나 할까.

실은 그런 프로 주류판매점을 알게 되기까지 난 좋은 술을 어떻게 구하는지에 대해 크게 착각하고 있었다. 좋은 술이란 유행하는 술, 유명 백화점에 놓인 술, 다이긴조(도정률 50% 이하의 사케를 분류하는 명칭–옮긴이) 같은 고급술, 무슨무슨 상을 받은 술…… 그게 당연하다고 생각했었다.

하지만 전혀 그렇지가 않았다. 한 마디로 말해서 '일반적으로 맛있는 술'이란 없다. 중요한 건 내게 맛있는 술인가 하는 점. 그러니 내 취향을 알고 그 취향의 술을 이해해 주는 주류판매점을 만나는 게 무엇보다 중요하다는 말이다.

여담이지만 이런 주류판매점을 만났을 경우 그 집이 거래하는 술집에 가면 내가 좋아할 만한 술을 마실 수 있다. 그래서 난 여행할 때 찾아볼 술집 리스트를 가득 확보해 둔 상태다. 뭐랄까, 전국에 친척이 사는 느낌? 집술을 잘하면 이런 특별 부록이 저절로 따라온다.

안주

하면 할수록 끝도 없고 재미있는 게 안주 만들기다. 안주 만들기가 취미인 술꾼도 많다.

하지만 나는 정말이지 대충 만든다. 냉장고도 없고 달랑 휴대용 가스버너 하나뿐인 비좁은 부엌에서 요리를 하다 보니 자칭 '초 단위 안주'가 될 수밖에. 보여줄 만한 게 없지만, 코로나가 장기화되고 있는 요즘 집술을 시작하긴 했는데 안주 만드는 게 귀찮다 싶은 사람이 있을지도 모르겠다는 생각이 문득 들어, 부끄럽지만 누구나 만들 수 있는 초 단위 안주 만들기 요령을 조금만 소개하겠다.

◆ 식재료가 하나만 있다면

초 단위 안주의 최대 장점은, 생각나면 바로 만들 수 있다는 점. 술꾼은 의외로 성질이 급하다. 그러니 중요한 건 이거다. '요리하려 들지 말 것.' 좋아, 팔보채를 만들어 볼까 하는 게 아니라 냉장고에 시들어 빠진 배추가 굴러다니고 있으면 '배추를 먹자'고 마음먹는다. 그것만으로도 안주 하나가 거의 만들어진 거나 다름없다. 무엇보다 배추는 '식재료', 무슨 짓을 해도 먹을 수 있는 게 식재료다. 손으로 뜯어 된장에 찍어 먹어도 좋다. 된장이 없으면 소금이든 폰즈든 마요네즈든 유즈코쇼(청양고추를 넣은 유자 페이스트-옮긴이)든 젓갈이든, 짠맛 나는 거면 뭐든 오케이다.

어떤가, 초 단위가 맞지 않은가.

무든 당근이든 순무든 마찬가지다. 아마 세상에선 이걸 그렇게 부른다죠? 야채 스틱이라고. 이름은 아무래도 좋다. 스틱 모양으로 자를 필요도 없다. 중요한 건 '식재료는 뭘 해도 맛있다'는 믿음이다. 사랑과 감사하는 마음이다.

날것 그대로가 아니라 익히고 싶으면 삶든지 굽든지 해서 소금이든 된장이든 간장이든, 짠맛 나는 조미료를 투입하면 된다. 딱히 '어느 나라식 무슨 요리' 하는 그런 복잡한 요리도 아니고, 주물럭대고 모양을 만들지 않아도 충분히 맛있다. 이게 바로 '식재료 본연의 맛을 살리는' 것이라 생각하면 대충이라고 우습게 볼 게 아니다.

이런 사고방식만 마스터하면 인터넷에서 레시피를 뒤져보지 않아도 되고, 냉장고를 들여다보기만 하면 1만 종류의 안주를 만들 수 있다.

◆ 소금 절임은 만능이다

집에 냉장고가 없는 탓에 식재료 보관을 위해 소금 절임을 만들기 시작했다. 해보니 기적 같은 요리다. 쌀겨 절임, 소금 절임, 비지 절임…… 남은 식재료를 넣어두면 꺼내기만 해도 반찬 하나가 뚝딱이다. 그야말로 초 단위. 휴일을 온통 투자해서 일주일 치를 만들어 두지 않아도 절임은 궁극적인 일주일 치, 365일 치 음식이라 생각한다. 맛이 밴 이 재료를 스파게티나 볶음밥에 넣은 것도 진미다. 절임은 어렵다고 생각하기 쉬운데 그렇지도 않으니 꼭 한번 해보시길!

◆ 조미료는 최소한으로

우리 집은 부엌이 비좁아 조미료를 하나씩 해고하다 보니, 급기야 매실식초와 된장만 남았다. 시원하게 맛을 내고 싶으면 매실식초, 깊은 맛을 내고 싶으면 된장을 넣는다. 제아무리 용을 써도 둘 중 하나밖에 없기 때문에 고민할 필요가 없고, 요리 시간도 확 줄었다. 이렇게까지 할 필요는 없더라도 우선 '있는 조미료'로 간을 보며 좋아하는 맛을 찾아보자. 심플해야 소재의 맛을 살릴 수 있다는 생각이 몸에 배게 되고 그러면 요리가 참 편해진다.

◆ '맛있다'를 되찾다

편의점에서 안주를 사면 초 단위겠다 싶은 사람도 있을 테고 물론 그런 날이 있어도 상관없지만, 매일 편의점 음식을 먹는 게 안 좋다는 건 기정사실. 초 단위 안주의 핵심은 빠르고 쉬워 보이면서 실은 그렇게 우스운 일은 아니라는 점이다. 이건 '맛있다'를 내 손으로 되찾는 연습이다.

현대인은 맛있는 걸 너무나 추구한 나머지 정보가 넘쳐난다. 그러나 다시 생각해 보길. '맛있다'란 대체 어떤 맛일까? 무엇이 맛있는지 백 명에게 물으면 백 가지 맛이 나와야 하는데 한 개뿐이라는 상식이 버젓이 활개를 친다. 우리는 어느새 '맛있다'라는 소중한 감각을 누군가에게 도둑맞은 건 아닐까.

혼술도 마찬가지. 인터넷 정보를 찾아본다고 해서 진정으로 편안한 좋은 술집은 찾을 수 없다. 정답은 내 안에만 존재하니까. 스스로 체험하고 실패하면서 쟁취하는 것. 그게 인생의 묘미다. '초 단위 안주'는 그날을 위한 예행연습이기도 하다.

◆ 매일의 '초 단위 안주' 몇 가지를 소개한다 ◆

자색 양파와 다랑어포 간장절임
올리브오일 무침

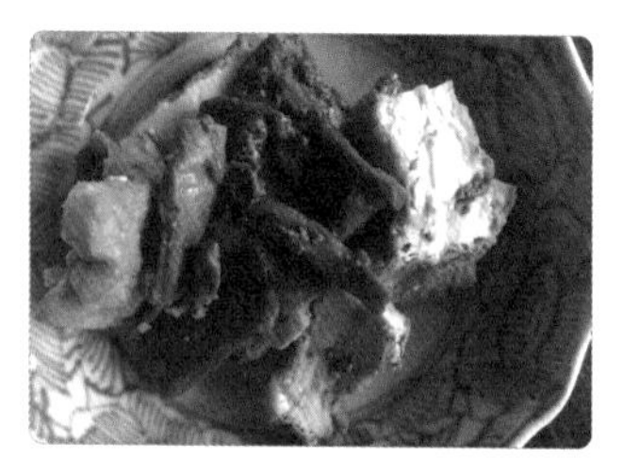

말린 토란대와 두부간장조림

미역과 파 참기름 볶음

나무 막대기가 아니라, 우엉 된장 절임입니다

해외여행지 생선가게에서 안주 발견

미나리된장 비빔우동

2

강판에 간 감자와 부추 부침개

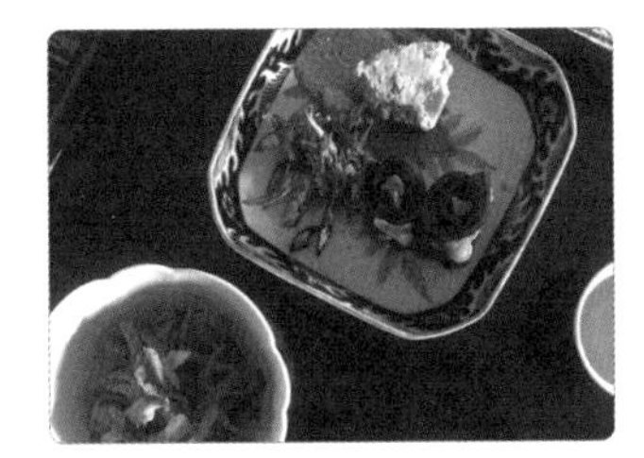

설날 음식은 최강 안주다

정통 슈톨렌과 정통 데운 술!

금감과 넛 샐러드

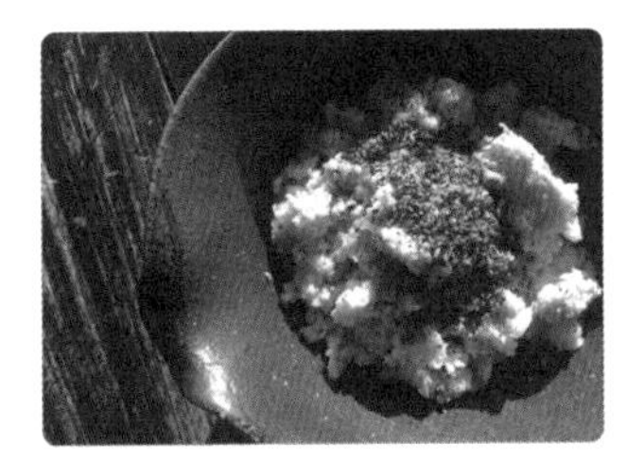

비지에 올리브오일과 매실식초를 뿌리다

근처 단골가게에서 훈제 음식을 사다

3

튀긴 두부 된장 샌드

호박된장생강무침

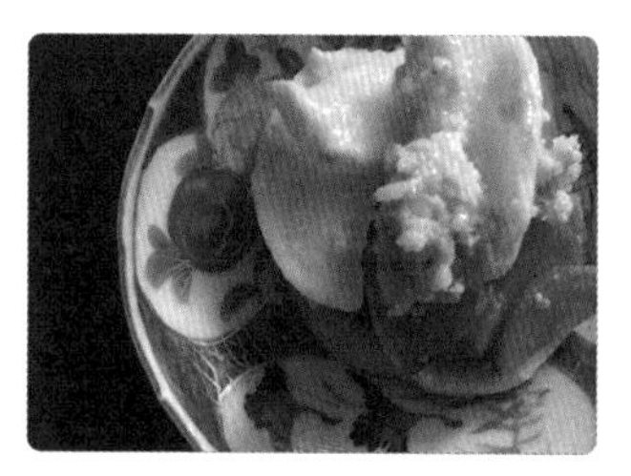

순무와 당근 비지 절임

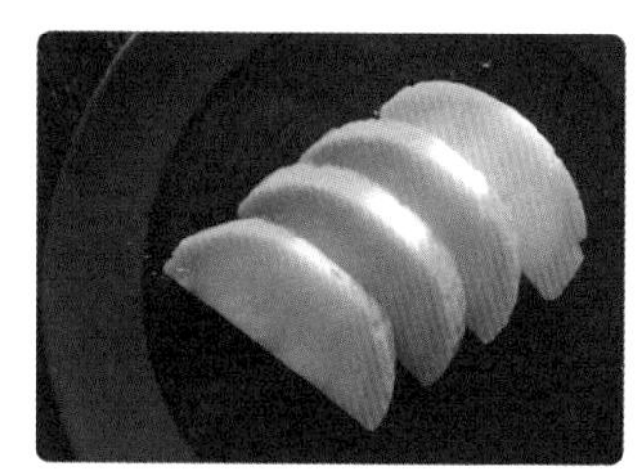

어묵에 올리브 오일을 뿌리다

감자에 카레가루와 간장을 뿌리다

깻잎 마늘간장절임

치즈에 다랑어포와 간장을 뿌리다

실파 두부볶음

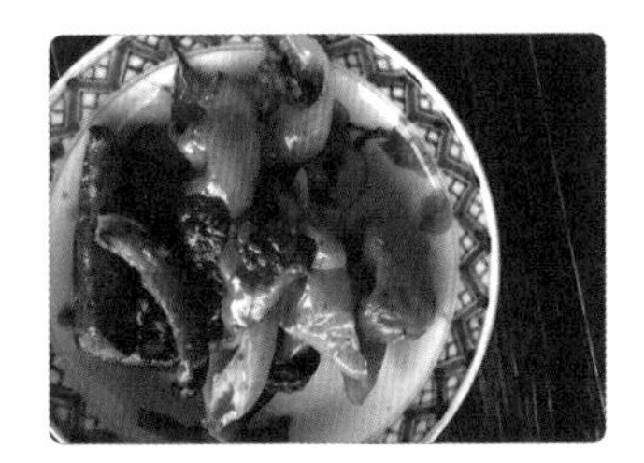

피망된장볶음

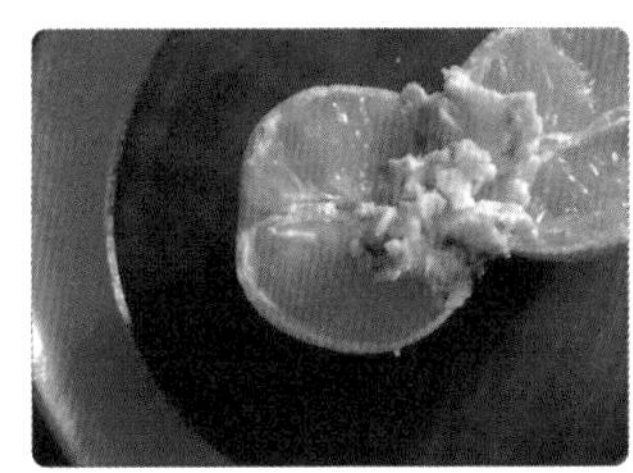

맛이 강한 감귤을 껍질째 블루치즈와 함께

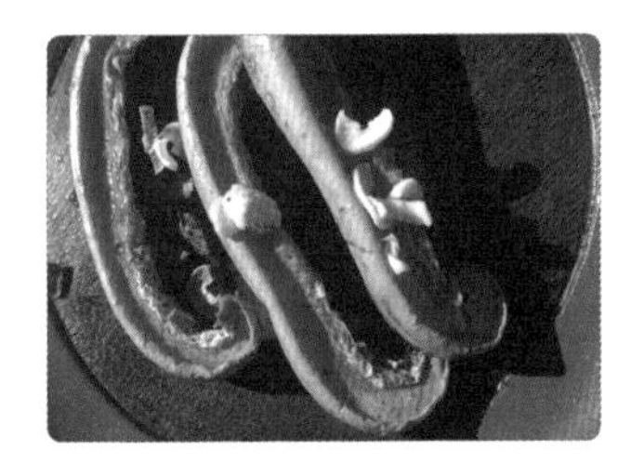

말린 호박 마늘볶음

무와 튀긴 두부조림

혼술 하는 여자

평소처럼 혼술 자랑을 하고 있던 어느 날, 어떤 세련된 미인에게 이런 고민 상담을 받았다.

혼술에 관심 있다. 즐거울 것 같다. 그리고 실제로 혼자 마시러 간 적도 있다(님, 대단하심!). 하지만 상당히 높은 확률로 아저씨들이 들러붙어 이후로 잘 가지 않게 되었다…….

그렇다……. 여성분들에겐 얼마든지 있을 수 있는 고민이다.

술집, 그것도 혼술 손님이 모이는 술집에서 혼술 하는 여성은 여전히 마이너리티다. 싫어도 어쩔 수 없이 눈에 띈다. 게다가 거기 있는 사람들은 술 취한 아저씨가 대부분. 나쁜 뜻은 없겠지만 그 취객들이 호기를 부려, 어디선가 홀연히 나타난 군계일학 같은 손님에게 이러쿵저러쿵 말을 걸고 억지로 술도 사고 먹다 남은 술안주를 권하곤 하는 것이다.

하지만 누구나 밥 먹을 땐 편안한 마음으로 자신만의 속도로 먹고 싶은 법. 그런 마음으로 느낌 좋은 술집에 들어갔더니 이상한 아저씨가 옆에서 끼어든다! 납득이 안 돼, 납득이! 그렇다고 화를 낼 수도, 노골적으로 싫은 표정을 지을 수도 없는 노릇. 그랬다가는 단박에 주변 분위기가 싸해질 테고, 더 골치 아픈 일이 벌어질 수도 있으니 완전히 무시할 수도 없다. 그래서 꾹 참았더니 참견은 더욱 심해지고…….

대체 난 여기 뭐 하러 온 거지!!!!!

그렇게 외치고 싶은 마음, 왜 모르겠는가.

그런 골치 아픈 상황을 제대로 회피할 수 있는 방법이 없겠느냐는 상담인데, 그래서 내 나름의 해결법을 생각해 봤다.

◎ 첫째, 술집에 들어가자마자 '나한테 말 걸지 마' 하는 거절의 아우라를 온몸으로 발산한다

이건 그럭저럭 유효하다고 생각한다. 하지만 상당히 피곤할 것 같다. 무엇보다 약간만 틈을 보여도 아저씨가 언제 공격해 올지 알 수 없다. 그런 틈을 절대 보이지 않고 겨우 술집을 나왔다 하더라도 그땐 이미 어깨와 목이 결릴 대로 결린 상태. 뭘 먹고 뭘 마셨는지조차 기억나지 않을 수도 있다. 그렇다면 역시 뭐 하러 거기까지 갔나 하는 회의가 들 것이다.

◎ 둘째, 이 책에서 여러 번 '금지 사항'으로 강조한 스마트폰을 꺼낸다. 이어폰을 끼면 더욱 좋고!

이건 제대로 먹힌다. 분명 그 누구도 말을 걸지 않을 것이다. 게다가 주위를 무시하고 자신만의 세계에 빠질 수 있어서 '첫째' 방법보다 훨씬 편하다. 하지만 확실히 튀긴 할 것이다. 이렇게까지 할 거면 무엇을 위해 혼술 하러 갔는지, 역시 알 수 없다.

그렇다면 차라리…….

◎ 셋째, 패밀리레스토랑에서 테이블 자리에 앉아 혼자 마신다

이럼 되지 않을까?

아니…… 아니지.

그럼 분명 100퍼센트 그 어떤 취객도 말을 걸지 않겠지만, 아마 이분은 그런 걸 원한 건 아닐 것이다. 아마 혼자서도 따스하고 즐겁게 식사하고 싶었을 것이다. 그저 배만 채우는 게 아니라 화기애애한 분위기 속에서, 함께 그 분위기 속에 녹아나 기분 좋게 머물고 싶었을 것이다. 알죠, 그 기분! 그게 내가 혼술에 도전한 이유니까.

하지만 이상한 아저씨랑 말을 섞기는 싫다.

흐음…….

결론부터 말하겠다. 아쉽게도 그런 방법은 존재하지 않는다. 혼술이란 그 누구도 지켜주지 않는 무방비 상태로 미지의 세계에 뛰어드는 일이다. 두세 사람이 가면 그룹이라는 게 강한 철벽이 되어 웬만해서는 술 취한 아저씨가 말 거는 일이 없다. 하지만 혼자면 그 철벽이 바로 소멸된다. 이 사람 저 사람 할 것 없이 말을 걸고, 개중에는 짜증 나는 사람도 어느 정도 확률로 섞여있다. 산뜻하고 호감 가는 멋진 사람만 말을 걸어오게 하는 방법이 있다면 오히려 내가 먼저 묻고 싶다.

다시 말해, 뭔가를 얻으려면 뭔가를 잃을 위험이 따르기 마련이다. 손실 위험 없이는 하이 리턴이 없는 것과 마찬가지로, 위험부담을 져야 얻는 것도 크다. 귀찮은 아저씨와의 만남이라는 파도를 헤치고 나온 용자에게만 멋진 분과의 만남이 기다리고 (있을 수도) 있다.

하지만 뭐, 해결 방법이 아예 없는 건 아니다.

다시 말하지만 술 취해서 말 걸어오는 사람을 무슨 수로 고르겠는가. 하지만 상대방을 호감 가는 인물로 바꿀 수는 있다. '귀찮은 아저씨'를 순식간에 '그럭저럭 재미있고 밉지 않은 아저씨'로 변신

시킨다. 그런 거짓말 같은 방법이 단 하나 있다.

그건 바로 상대방을 받아들이는 것.

아, 받아들인다고 해서 성가신 사람과 어깨동무하고 같이 마시라든가, 같이 2차를 가라든가, 그런 게 아니다! 싫은 건 싫다고 딱 부러지게 거절하자. 때에 따라서는 싸움이 나도 상관없다.

받아들이라는 건 그런 뜻이 아니라, 밖에서 즐겁게 먹고 마실 생각이라면 우연히 옆에 앉은 상대방이 이상한 아저씨든 취객이든 우선 그 자리에 있는 사람을 존중하고 그 자리에 섞일 수 있게 해준 데 고마워하는 것부터 시작해야 한다는 뜻이다. 그게 예의라는 것. 예의란 '거북한 것'이 아니라 나를 그 자리에 섞이게 해주는 편리한 도구 같은 거라고 나는 요즘 생각한다. 예의를 지킬 줄 아는 사람에게는 상대방도 예의를 돌려준다. 그건 내가 혼술 수행을 통해 배운 위대한 법칙 중 하나다.

그럼 구체적으로 어떻게 해야 할까. 하나도 어려울 게 없다.

우선 '여러분, 즐겁게 마시는데 좀 끼어들겠습니다. 잘 부탁합니다' 하는 마음으로 불경을 외듯 술집에 들어가 보자. 들어간 다음 이 말을 주문처럼 계속 외워도 좋다. 그럴 때 이 책에서 여러 번 얘기한 '심호흡'도 많은 도움이 된다. 그렇게 술집과 호흡을 맞추는 것이다. 어쨌든 신참으로서 그곳의 분위기를 흐리지 않고, 그 분위기에 자연스레 녹아들어 갈 수 있도록 노력해 보자.

해보면 알겠지만, 이런 일에 능숙해지면 이상하게도 취객이 끈

적끈적하게 굴 확률이 확실히 낮아진다.

앞에서 말했지만 내가 상대방을 존중하면 상대방도 나를 존중해 주기 때문이다. 그래도 상대방은 취객, 가끔 끈덕지게 구는 사람이 없지는 않다. 하지만 그 자리의 분위기에 섞이려고 노력만 한다면, 그럴 땐 반드시 옆에 앉은 모르는 손님 혹은 그 집 사장님이 부드럽게 도움의 손길을 내민다. 그리고 쓸데없이 참견해 오면 나 역시 부드러운 분위기를 깨지 않으면서 싫은 건 싫다고 산뜻하고 경쾌하게 거절할 수 있게 된다. 다시 말해 '문제적 상황'이 보통의 '즐거운 술집 대화'로 변하니 애초에 불쾌한 체험을 할 일이 발생하지 않는다는 말이다.

왜 그런 일이 일어나는가 하면, 술집이란 하나의 커다란 배와 같기 때문이다. 모두가 힘을 합해 노를 저어 균형을 잡고, 어떻게든 앞으로 나아간다. 나 역시 한 사람의 사공으로서 파도에 몸을 실을 수 있다면, 그 자리에서 어떻게 행동하면 좋을지 자연스럽게 알게 되고 또 주변에서도 도와준다. 그러다 언젠가 당신 자신이 당혹스러워하는 신참을 제법 세련되게 돕기도 한다. 그렇게만 된다면 얼마나 멋진 일일까!

조금만 용기를 내서 힘을 빼고(힘 빼기에는 용기가 필요하다!) '술집 분위기'라는 파도에 몸을 맡겨보자. 그러려면 술주정뱅이를 만났든, 한심한 이야기로 이야기꽃을 피우는 바보를 만났든, '징그럽다'든가 '성가시다'든가 '나한테 끈적대지 말라고!' 같은 생각을 해서는 안 된다. 다들 사정이 있는 거니까. 그래서 편안한 시간을 보내러 술집에 오는 거니까. 이렇게 생각한다면 '모두 힘들게들 사는구나. 다 같이 힘냅시다' 하는 마음으로 조용히 마실 수 있다. 그것만으로도 그 술집은 어느새 고독과는 무관한, 즐겁고 편안한 식사 자리가 되리라고 나는 확신한다.

또 하나 자신 있게 조언하자면…….

그래도 역시 장애물이 높은 '여자의 혼술'을 위해 권하고 싶은 건, 언제든 훌쩍 들어갈 수 있는 술집을 하나 마련하는 것이다. 그리고 일주일에 한 번이든 한 달에 한 번이든 정기적으로 얼굴을 내민다.

'단골'이 되는 것이다.

일단 그렇게 되면 그 술집 사장님이 틀림없이 당신을 지켜준다. 그러면 안심하고 마실 수 있을 테고, 안심하면 많은 것들이 보이기 시작하면서 다른 손님의 행동에도 눈길이 가게 된다. 좋지 않다 싶은 태도도 알게 되고, '이 손님 멋지다' 싶은 분들도 많이 만나게 된다. 좋은 건 얼마든지 흡수하자. 그러다 보면 문득 당신의 '혼술 하는 힘'은 한 계단 두 계단 훌쩍 뛰어넘을 것이고, 그 힘은 어디에서든 통할 것이고, 그러면 처음 들어가는 술집이든 어디든 이상한 사람이 치근덕거리는 불쾌한 일을 당할 확률이 확 줄어들 것이다. 홈이 확실하면 어웨이에서도 좋은 경기를 펼칠 수 있는 것과 같은 이치다.

건투를 빈다.

마무리하며

이 글을 쓰고 있는 2021년 여름, 전 세계를 뒤덮은 코로나는 여전히 출구가 보이지 않고, 일본에서도 음식점, 특히 술집이 감염 확대에 박차를 가한다며 영업을 엄격히 제한하고 있다.

그런 혼돈 속에서 혼술을 권하는 책을 내고 말았다.

우연이라지만 이렇게 끔찍한 우연이 또 있을까. 혼술은커녕 '남과 접촉하는 일'이 완전한 악이 되어버린 시국이다. 누군가와 닿길 원하면 컴퓨터 화면을 통해 하시든가, 하는 듯한 상황에서 이 책이 권하는 건 사람과 사람의 접촉 그 자체. 목표는 처음 들어간 술집에서 우연히 옆자리에 앉은 사람과 얘기를 나누는 것이다.

그야말로 '중요하지도 필요하지도 않은'(일본의 코로나19 대책 슬로건

—옮긴이) 도전이다! 고이케 도쿄도지사가 들으면 그 자리에서 버럭 화를 낼 것이다. 내가 부덕한 탓인가. 가슴에 손을 얹고 반성해 봐야 이미 늦었다.

처음에는 이런 일이 벌어질 줄 상상도 못 했다.

이 책의 기초가 된 글은 2019년 여름부터 《도쿄신문》, 《주니치신문 석간》에 연재된 〈아아, 동경하는 혼술〉이다. 처음엔 코로나19의 코빼기도 보이지 않았던 때라 석간에 딱 좋은 경쾌한 화제라며 우쭐대며 썼다. 그런데 반년 후 엄청난 일이 벌어졌다. 그래도 일단 시작한 걸 어떻게 할 수도 없고 내심 가슴이 콩닥거리면서도 세상사에는 전혀 관심 없다는 듯 연재를 계속했다. 자세가 돼먹지 못하다는 항의가 들어오지는 않았을까? 어쩌면 담당자가 나에게 상처 주지 않으려고 혼자 전전긍긍했는지도 모른다. 정말 죄송스럽다. 늦었지만 《도쿄신문》, 《주니치신문》의 관대함에 깊이 감사드린다.

이렇게 해서 정말 엄청난 타이밍에 이 책을 세상에 내놓게 되었는데, 사실 나는 진심으로 이 책이 이런 시대이기에 더욱 많은 사람들이 읽어볼 가치가 있다고 믿는다.

물론 여전히 밖에서 마시기 힘든 시기다. 나도 붐비는 시간을 피해 거의 동네 술집만 찾고 있으며, 즐거운 대화도 자중하는 중이다. 혼술의 즐거움을 봉인한 채 살아야 하다니. 하지만 갈수록 이런 시국이라서 오히려 혼술의 정신이 필요하다는 생각을 품게 되었다.

감염 따위 아랑곳하지 않고 밖에서 열심히 마시자는 뜻이 아니다. 그건 '혼술 정신'에 위배되니까. 여기까지 읽어주신 분들은 알겠지만, 혼술이란 그냥 혼자 먹고 마시는 게 아니다. 마음 편한 자리를 나 스스로 만드는 것이다. 그러기 위해서는 첫째도 배려, 둘째도 배려가 필요하다. 내가 원하는 것은 일단 묻어두고 그곳의 분위기를 좋게 만드는 데 최선을 다한다. 모두 기분이 좋아지면 결국 나도 기분 좋아진다. 내게 그것은 혁명적인 발상의 전환이었다. 무엇보다 남보다 나를 중시하는 경쟁 사회의 상식과는 정반대다. 하지만 실제로 해보니 그건 '경쟁 사회의 상식' 따위는 훨씬 넘어선, 엄청난 효과를 발휘했다. 나는 그렇게나 간절히 원하던 것, 그러나 결코 얻지 못했던 것을 너무나 쉽게 얻을 수 있었다. 그건 바로 아무 조건 없이 안심할 수 있는 나의 자리다.

그것만 제대로 할 수 있으면 어떤 상황이든 내가 할 수 있는 일, 내가 해야 할 일이 보이게 될 것이다.

그렇다. 지금과 같은 비상시에도 나는 내 혼술 경험 덕을 많이 봤다. 모두가 미지의 사태에 겁먹은 와중에, 나 자신보다 동네 단골 술집과 거기서 인연을 맺은 친구들을 돕고 싶다는 마음이 나 자신을 도왔다. 괜찮은지 격려하고, 부족한 건 융통하고, 할 수 있는 범위에서 술집에 얼굴을 내밀었다. 그러자 똑같이, 아니 그 이상의 배려와 선물이 되돌아왔다. 이 일을 계기로 내 주변의 끈끈한 유대관계가 더 확실하게 깊어진 것이다. 이건 온전히 혼술 수행의 결실이다.

결론부터 말하자면 이 비상시에 어울리지 않는 '혼술'이라는, 전혀 중요하지도 필요하지도 않은 행위야말로 예측 불가능한 시대를 살아갈 최대의 무기가 되리라는 확신에 이르렀다. 그래, '감염 방지와 경제 활동의 양립'이라니, 결국 '혼술' 하라는 얘기 아님? 쉽게 말해서 서로 배려하며 관계를 끊지 말고 살아가라는 뜻이잖아. 결국 그것이 혼술의 본질이기도 하다.

이왕 과장되게 떠벌린 김에 마지막이니 좀 더 허풍을 쳐보겠다.

나는 이 책에서 결국 무슨 말이 하고 싶었을까. 아마도 인간의 자유란 어디에 존재하느냐 하는 것.

자유로워진다는 건 대체 무슨 뜻일까.

압도적 다수가 자유란 돈이자 권력이라고들 한다. 엄청난 돈을 손에 넣어 다른 사람들을 부하처럼 부릴 수 있는 게 최고로 자유로운 사람이라고. 그래서 그 어떤 고난과 고통도 참고 견뎌 경쟁에서 이겨보려고 애쓰는 것이다. 그렇게 애쓴 끝에 심신은 피폐해지고, 자유를 손에 넣으려고 노력한 결과 몸도 마음도 엉망이 되었더라는 결말.

이게 인생의 커다란 함정이 아니고 뭘까.

자유로워진다는 것이 만약 그런 게 아니라면. 그런 것과는 무관한 거라면.

그걸 알아가는 여정은 분명 인생에 혁명을 일으킬 것이다.

그게 대체 무엇인지 이 책을 읽으신 분은 이미 알고 계실 것이다. 혼술이란 인생의 함정에서 빠져나와 진정으로 자유로운 인생을 살아가기 위한 첫걸음이니까.

인생의 메타포,
혼술

혼술이 대체 뭐라고 책 한 권이 나올까? 저자의 책을 여러 권 번역했고 그 삶의 태도와 세계관에 심취해 멋대로 인생의 선배로 추앙하는 나지만, 이 책의 경우에는 제목만 보고 그런 의문이 뇌리를 스친 순간이 분명 있었다. 혼자 술집에 들어가 묵묵히 마시고 나오는 행위에 과연 좋은 책 한 권의 깊이가 있을까? 이 책이 전작들처럼 독자의 삶에 하나의 등불 역할을 해줄 수 있을까? 그런데 머리말을 읽자마자 내가 혼술의 정의에서부터 오해했음을 알 수 있었다. 사실 내가 생각했던 혼술이란 집술의 연장선이었다. 혼자 시작하고 혼자 끝맺는 닫힌 세계.

하지만 저자는 혼술에 관해 이렇게 말한다.

"그것은 '맨몸으로 혼자 세계와 마주하는' 경험이다.

고독을 두려워하지 않고, 쓸쓸함 때문에 도망치지 않고, 당당하게 사는 경험 말이다."

생각해 보면 당연한 얘기지만, 술집에 혼자 들어가는 순간 그곳은 기댈 곳 하나 없이 내가 제로에서부터 만들어 가야 할 하나의 세계다. 격리된 그 세계에는 술집 사장님 혹은 점원이 있고, 다른 손님들이 있고, 음식과 술이 있다. 그곳에 혼자 들어갔다면, 그 세계와 나의 관계를 잘 구축할지 여부는 전적으로 내게 달렸다. 나의 태도에 따라 그곳은 내게 따스한 세계일 수도, 차갑게 얼어붙은 세계일 수도 있다.

"세계(술집)와 홀로 직접 마주하다 보면 세계란 나 스스로 만들어 낸 게 아닐까, 다시 말해 그저 '내 행동이 나에게 부메랑처럼 돌아오는 것'이 아닐까 하는 점을 뼈저리도록 이해하게 된다. (…) 결국 적은 바깥에 있는 것이 아니라 내 안에 있었다. 어떤 가게에 가든 내 태도에 따라 그 가게는 천국이 되기도 하고 지옥이 되기도 한다는 사실을 나는 뼈아프게 느꼈다."

한 사람의 인생에는 수많은 세계가 있고, 혼술처럼 자그마한 세계를 하나하나 정성들여 만들어 가다 보면 내 인생이라는 틀 전체가 그럭저럭 만족스러운 것으로 완성되지 않을까. 그러니 혼술을 잘하려는 노력은 나를 성장시키고 단단하게 만들어 줄 '수행'이나 다름없다.

수행에는 스승이 필요한 법, 그런데 무협지에 나오는 스승들은 마치 태어날 때부터 절대 강자인 양 실패에 관해 말을 아끼지만, 저자는 자신이 겪었던 온갖 실수를 2장에서 가감 없이 모두 꺼내 보여준다. 처음부터 완벽했었을 것 같은 스승보다, 거듭된 실패를 어떻게 딛고 혼술 마스터가 됐는지 들을 수만 있다면 제자들은 용기백배다. 실패를 통해 스승이 터득한 열두 가지 비기, 이제 3장을 실천해 볼 의욕이 저절로 솟는다.

그런데 혼술을 하면 정말로 인생이 바뀔까? 사실 혼술의 알맹이를 찬찬히 들여다보면 사람과 어떻게 관계를 맺을지에 관한 방법론임을 깨닫는다. 사람과 관계 맺는 법을 터득했는데 어떻게 인생이 바뀌지 않고 배기겠는가! 혼술이 수행에 적격인 이유는, 전혀 다른 배경과 직업과 연령대를 가진 사람들이 모여 그 집 음식과 술을 함께 먹고 마신다는 점, 그리고 그 세계가 몇몇 사람으로 이루어진 아주 작은 단위라는 점이다. 그렇게 자그마한 자신의 세계를 하나씩 쌓아가는 방법을 고군분투해서 터득하다 보면, 가족과, 이웃과, 직장 동료와, 어쩌면 나이 듦과도 어떻게 관계를 맺을지 나름의 방법을 모색할 수 있을 것이다.

그러니 혼술은 인생의 수행이면서 동시에 메타포다.

오늘 밤, 혼술을 시작해야겠다.

옮긴이 김미형

옮긴이 김미형

전문 번역가. 제주대학교 일어일문학과 졸업. 일본 주오대학에서 석사학위와 박사학위를 받았다. 《곧, 주말》, 《벚꽃이 피었다》, 《퇴사하겠습니다》, 《그리고 생활은 계속된다》, 《먹고 산다는 것에 대하여》, 《우에노 역 공원 출구》, 《여혐의 희생자 마리 앙투아네트》 등을 우리말로 번역했다.

인생은 혼술이다

초판 1쇄 인쇄 2023년 12월 8일
초판 1쇄 발행 2023년 12월 29일

지은이 | 이나가키 에미코
발행인 | 강봉자, 김은경

펴낸곳 | (주)문학수첩
주소 | 경기도 파주시 회동길 503-1(문발동 633-4) 출판문화단지
전화 | 031-955-9088(대표번호), 9532(편집부)
팩스 | 031-955-9066
등록 | 1991년 11월 27일 제16-482호

홈페이지 | www.moonhak.co.kr
블로그 | blog.naver.com/moonhak91
이메일 | moonhak@moonhak.co.kr

ISBN 979-11-92776-93-4 03830

* 파본은 구매처에서 바꾸어 드립니다.